KB070650

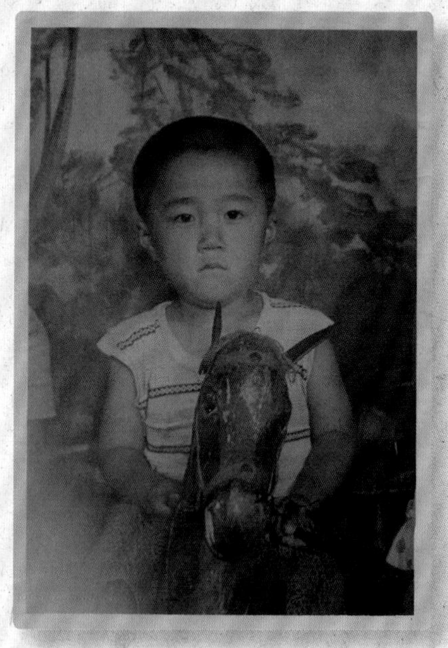

5 – 6세 무렵. 동네 놀이터에서.
유년 시절의 유일한 사진.

1987년 2월 25일. 2년간의 예수회 수련기를 마치고 첫 서원하던 날.

1989년. 페루자. 예술대학 동창 기현이와.

1990년. 성 요한 바오로 2세와 함께한 제수성당에서의 12월 31일 테데움 송년 감사 미사.

1990년. 바티칸에서 새벽 미사 후 성 요한 바오로 2세 알현.

예수회 창립자 성 이냐시오 데 로욜라의 두상 옆에서.

1991년. 알프스의 산자락 휴양도시 보르미오에서.

1992년. 로마 제수성당에서의 부제 서품식.

도쿄 한인 성당에서의 미사.

도쿄 고마바 공원에서.

1993년. 니혼대학 예술학부. 이마미치 선생님과.

서품 상본(조광호 신부님 그림).

서품 미사를 주례하신 김수환 추기경님과.

1993년. 서강대학교. 서품식을 마치고 어머니와.

마지막으로 어머니를 뵈러 온 이인숙 수녀님과.

1995년. 밴쿠버에서 밴프로 가는 길에.

밴프-재스퍼 구간에서.

1995년 11월. 비와코. 제15회 에코에티카 국제학회 참석.

1998년. 삿포로 데이네성당 근방에 있는 마에다 삼림공원에서.

1999년. 구상 선생님 여의도 자택에서 이마미치 교수님과.

1999년 10월. 일본 가나자와. 임범재 교수님과 일본 미학회 창립 50주년 기념학회 참석.

『들숨날숨』 편집회의. 조광호 신부님, 김형영 시인과 함께.

1999년. 오사카 순교복자수녀원. 『들숨날숨』 창간호를 위한 김수환 추기경님 인터뷰.

1999년 4월. 벚꽃이 만발한 오사카성에서 추기경님과 함께.

천진암 가르멜수녀원에서 강세라핌 수녀님과.

2002년 6월 27일. 박사학위를 받고 나서 어머니와.

2002년. 부산 광안리에서 이해인 수녀님과.

감포 대왕암에서 김순옥 펠리치타 어머니와.

2007년. 조치대학 SJ House. 철학과 교수님 학생들과 리젠후버 신부님 방문.

2007년. 이마미치 선생님 연구소에서 철학과 교수님, 학생 들과 함께.

2008년. 이집트 답사 중 시나이산 정상에서 일출을 보고.

2009년 4월 17일. 서강대학교 이냐시오성당. 최종 서원식을 마치고.

2011년. 이스라엘 성지순례 중 타볼산에서 이해인 수녀님 가족과 함께.

2011년. 이스라엘
성지순례 중 가르멜산에서
김종철 시인과.

2013년 4월. 터키 카파도키아에서.

2015년. 가톨릭 문인회원들과 홋카이도 트라피스트수녀원 방문.

2015년. 홋카이도 아사히카와. 미우라 아야코 문학관에서.

2015년. 과천 국립현대미술관. 최종태 교수님 회고전에서 명법 스님, 최인수 교수님과 함께.

2016년 11월. 알프스 수도원 순례 중 스위스 루체른 카펠교 앞에서.

이경성 관장님 방문.

어느 부활 대축일에 꽃동네 신내노인요양원에서 어머니와.

왜관 피정의 집에서 열린 다니 류이치로 교수 초청 강의.

교부학연구회 정기 모임.

왜관수도원 앞에서 다니 교수님과.

오키나와. 서강 – 소피아대학 교수 교류 모임에서.

방배동 살롱의 어느 날 저녁.

사제관 뒤뜰에서.

필자의 근영(近影).

# 나를 넘어 당신 안에서

# 나를 넘어
# 당신 안에서

김산춘 지음

문학수첩

# 차례

## 3부 | 자작나무 앞에서 131



## 4부 | 사랑으로 가득 찬 지성 171



## 5부 | 노고산에 핀 동백꽃 221

**일러두기**

이 책은 필자가 1993년에서 2018년에 걸쳐 신문, 잡지, 소식지 등에 기고한 글들을 주제와 성격에 따라 구성·편집하였습니다. 본문에 언급된 시기, 나이, 햇수 등은 필자가 각 기고문을 집필한 당시를 기준으로 서술되어 있으며, 기고한 지면 특성에 따라 문체가 상이할 수 있습니다.

1부

# 인생이란 선물

# 어머니와 고향

올해 일흔일곱이신 어머니는 예전에 비해 많이 늙으셨으나 나를 향한 당신의 눈길과 음성만큼은 조금도 변함이 없으시다.

하나같이 자기를 버리고 타자(他者)화하는 세상에서 어머니는 나의 영원한 고향이시다. 내가 태어나고 자랐으며 지금도 살고 있는 서강(西江) 동네는 지난 30년간 무섭게 변해왔다.

"뜰 앞의 한강 물은 언제나 맑고 / 푸른 하늘 우러러 와우 동산에 / 아름다운 우리 학교 서강 어린이"하며 아침 조회 때마다 목청껏 불러대던 교가에도 나오는 우리들의 놀이터 한강과 와우산은 이제는 돌아갈 수 없는 낙원이 되어버렸다.

강냉이빵 하나를 더 타 먹기 위해 오후 늦게까지 교실에 남아 암송하던 '국민교육헌장'을 나는 지금도 외우고 있다. 그러나 "민족중흥의 역사적 사명을 띠고 태어난" 나는 철새들만의 서식지가 되어버린 밤섬에조차 가볼 수 없는 생득적 실향민에 지나지 않는다.

종종 호박밭을 지나 왜(倭)우물에 가서 우물 속에 고개를 처박고는 물에 비친 서로의 얼굴을 바라보면서 "바아보, 바아보" 하며 서로를 놀려대던 그 바보들은 지금 다 어디서 살고 있을까?

또 우리들이 꼬랑지에 성냥개비를 끼워 시집보내주던, 놀이터 담벼락을 새빨갛게 물들여놓던 그 고추잠자리 떼는 다 어디로 날아가버린 것일까?

지난 몇 년간 도쿄에 살면서 가장 부러웠던 것은 동네마다 아기자기한 공원과 제법 시설을 갖춘 체육관과 품격 있는 미술관, 문학관, 박물관 들이 있어서 쉬고 싶을 때는 언제든지 찾아가 여유를 부릴 수 있다는 점이었다.

자연 공원과 자연 체육관이, 무엇보다도 자연 박물관이 사라져가고 있는 서울에서 이번에 새로 뽑힌 지역구 의원들의 사명은 어머니와도 같은 고향 만들기에 있지 않을까.[1]

나는 1958년 서울 마포구 상수동에서 태어나 환갑이 되는 지금껏 서강에서 살고 있다. 어릴 때부터 바라보았던 당인리발전소 굴뚝 연기를 지금도 서강대학교 사제관 식당에서 매일 바라보고 있다. 굴뚝 연기가 왼쪽으로 휘면 차가운 북풍이다. 날씨가 추워질 것이다. 그 연기가 오른쪽으로 휘면 따스한 남풍이다. 비가 올 확률이 높다. 아마 첫 영성체를 하며 빌었던 소원을 정말 하느님께서 들어주신 것 같다. 그때 나는 평생 서강에서 살면서 서강 동네를 위해 무언가 일하다 죽게 해달라고 빌었다. 스탕달의 소설 『적과 흑』에 나오는 한 소제목 '본당 신부는 그 마을의 신(神)이다'에서 비롯된 소원이었다.

전차 종점인 마포와 달리 버스 종점인 서강은 서울이 아니라 거의 시골과 다름없었다. 1960년대 후반까지도 초가집과 논밭이 그대로 남아 있었고, 사람들은 시내를 다녀오면서 '문안'에 갔다 온다고 하였다. 우리의 주 놀이터는 와우산과 한강이었다. 칼싸움을 하던 와우산은 우리에게 본부가 되어줄 뿐만 아니라 산딸기, 까마중, 싱아, 아카시아 등 먹을 것도 제공해주었다. 가끔 숲에서 연애를 하며 이상한(?) 짓을 하던 홍대 학생들에게 돌을 던지며 도망가기도 하였고, 실연하여 양잿물을 마신 처녀가 가마니에 싸여 산에서 실려 내려오는 광경도

보았다. 내가 와우산과 작별한 것은 6학년 때 일어난 와우아파트 붕괴 사건 이후인 것 같다. 그때 우리 반에서도 누군가가 죽었다. 우리는 오전 수업 대신에 현장으로 아이들을 찾으러 갔다. 그때 나는 금 간 벽을 누군가가 헝겊 테이프로 붙여놓은 것을 보고 할 말을 잃었다.

무엇보다도 학교가 파하면 우리들은 한강에서 헤엄을 치며 놀았다. 홍수가 나 흙탕물이 급류가 되어 떠내려가는 중에도 아이들은 밤섬까지 갔다 왔다. 밤섬에는 나룻배를 타고 통학하던 아이들도 있었다. 무슨 이유에서인지 어느 날 밤섬이 폭파되어 사라졌는데, 나는 그날 그것도 모르고 밤섬에 갔다가 돌아오는 길에 날아오는 바윗덩어리에 맞아 죽을 뻔하였다. 밤섬 주민들은 이미 다 와우산으로 이주하였다. 와우산 밑, 지금의 공민왕 사당 앞에서 밤섬 주민들은 용왕굿을 하곤 하였다. 강변북로가 생기기 전 나는 곧잘 강변에 나가 저무는 저녁노을을 바라보았다. 제2한강교(양화대교) 너머로 노을이 지기 시작하면 강물 전체가 황금빛으로 물들어 일렁거렸다. 그러면 나는 황금으로 변한 강물을 가진 갑부가 된 기분이 들었다.

가톨릭 집안도 아니었기에 내가 사제가 되리라고는 나 자신도 몰랐다. 서강국민학교 6학년 때 반 친구를 따라 절두산 성당 미사에 간 적이 있는데, 겨울 저녁 미사여서 그랬는지 첫 인상은 매우 어둡고 낯설었다. 오히려 일요일이면 과자를 타 먹으러 갔던 극동방송국 안 미국인 선교사들의 모습이 훨씬 밝고 쾌활했다. 그러다가 오랜 세월이 지나서야 다시 절두산성당을 찾았고, 지금은 돌아가신 김몽은 신부님께 세례를 받았다. 나중에 알게 된 것이지만 당시 김몽은 신부님은 서강대학교 재단 이사이기도 하셨는데, 그런 관계 때문인지 예수회 안병태 신부님이 주일 저녁 5시 학생 미사를 집전하시곤 하였다. 그 후 내가 예수회에 입회하고 지금 서강대에서 일하고 있는 것을 보면 다 그와 같은 앞선 인연들이 있었기 때문인 듯싶다.

# 즐거운 기억

그녀를 잊게 되는 날 나는 죽을 거라고 믿었다. 그런데 스무 살을 넘기면서 내 첫사랑 소녀는 정말 기적처럼 잊혔고, 이미 두 해 전 불혹을 넘긴 나는 버젓이 살아 있다. 아마 그녀가 잊히지 않았다면 나는 벌써 미쳐버렸으리라. "그 기쁜 첫사랑 산골 물소리가" 사라지기도 전에 나는 '레테의 강'을 건넜다. 이는 유한한 삶만이 베풀어줄 수 있는 관대함일까.

하지만 잊힌다는 것만큼 슬픈 일도 없다. 내가 너를 기억하지 못할 때 너는 내게 이미 죽은 사람이기 때문이다. 내 아름다운 인생의 무대에 마치 주인공처럼 등장했던 친구들은 "다 어디로 가버린 것일까(ubi sunt)?" 스쳐 지나온 역들이 아무리 아름답다 하더라도 한번 떠나간 기차는 다시 되돌아오지 않는다.

우리가 영원히 살 것이라 함은 생명 자체이신 하느님께서 결코 우리를 잊지 않으시리라는 약속에 근거하고 있다. 다만 문제가 있다면 언젠가 내가 하느님 대전에 서게 될 때 과연 하느님께서 나를 기쁘게 기억해주실 것인가 하는 점이다. 하느님은 기쁨 자체이시기에 그분께서 내 슬픈 기억들을 들추어내시지는 않으리라 믿는다. 그러므로 그분의 기억 속에 나의 지난 삶 가운데 어느 부분이 기쁨으로 남아 있겠느냐 하는 점이 관건이겠다.

"우리가 그 누군가를 위해 존재하지 않는다면 우리는 전혀 존재하는 것이 아니다"라고 모리스 젱델은 말한다. 젱델은 또 베를렌느의 입을 빌어 이렇게도 말한다. "한 사람의 슬픔을 덜어주는 것보다 더 위대한 일은 없다."

오늘도 성찬의 전례를 통하여 "나를 기억하라"고 말씀하시는 그분의 사랑은 내게 "설령 어미가 너를 잊을지라도 나는 너를 한시도 잊은 적이 없다"고 속삭이신다.[2]

나는 중학교 때 우연히 문예반에 들어가 활동하면서 시인을 꿈꾸게 되었다. 2학년 때, 지금도 월간 『시문학』의 발행인으로 계시는 시인 김규화 선생님이 문예반 지도교사로 부임하셨다. 우리는 각종 대회에 나가게 되었는데, 문예반 반장이던 3학년 선배가 '학원문학상'에 당선되는 쾌거가 있었다. 나도 졸업하던 이듬해에 우수작 당선이 되어 학원사로부터 당선 소감을 써 보내라는 엽서를 받았다. 내 인생을 통틀어 가장 기쁜 순간이었다. 수도회에 들어오면서 가지고 있던 여러 짐들을 정리한 관계로 당선 소감이 실렸던 그때의 『학원』 잡지(1974년 2월호)도 내 손에서 사라졌는데, 알고 지내는 국립중앙도서관의 사서 선생님을 통해서 40여 년 만에 그 복사물을 받아 볼 수 있었다.

중학생 시절의 기억 중 가장 잊히지 않는 일은 1972년 여름 대홍수이다. 그때 한강물이 범람하여 우리 동네를 덮쳤다. 나는 강가에서 범람을 지켜보고 있었는데, 뜻밖에도 강물이 뒤에서부터 밀려왔다. 하수도를 통해 역류한 것이다. 순식간에 강물이 목까지 차올랐다. 헤엄치다시피 하여 돌아오니 집은 이미 물에 잠겨 있었다. 우리는 먼저 피난소인 서강국민학교 교실로 갔으나 동네 사람들이 이미 들어차 있어 아버지는 우리를 홍대 앞 어느 여관으로 데리고 갔다. 다음 날부터 우리는 와우산에 올라가 물에 잠긴 동네를 바라보면서 물이 빠지길 기다렸다. 이윽고 사흘이 지나서야 물이 빠졌다. 집으로 돌아와 보니 땅에 묻은 장독이 빠져나와 마당을 뒹굴고 있었다. 물의 위력이 새삼 실감되었다. 물먹은 교과서와 공책들은 모두 마당에 널어 말렸는데 나중에 보니 가지고 다닐 수 없을 정도로 퉁퉁 불어 있었다. 나는 학교에서 수재민으로 등록되어 수업료를 면제받았다.

그때까지만 해도 1년에 한 번 한강 물이 우리 동네에 놀러 온다고 생각했는데, 그 뒤 강변북로가 생기고 나서는 강물이 우리 동네에 놀러오는 일이 없었다. 달리는 차들 때문에 마음대로 한강에 나가기도 어려웠다. 서운한 일이지만 한강과 우리 서강 동네는 그렇게 헤어졌다.

문예반 선배가 S고등학교로 진학하였기에 나도 그럴 생각이었지만, 중학교를 졸업하던 해 갑자기 입시 제도가 추첨으로 바뀌는 바람에 B고등학교에 진학하게 되었다. B고등학교에는 문예반도 지도 교사도 없었기에 나는 혼자서 곳곳의 대학 백일장에 참가하였다. 그러다 2학년 때 운 좋게도 동국대학교 백일장에서 시부 장원을 하였다. 그때 나는 처음으로 국어 교과서에 나오는 미당 서정주 시인을 뵈었다. 연세대학교 백일장에서는 글이 안 되어 그냥 도시락만 까먹고 돌아왔는데 그래도 청송대(聽松臺)에서 뵌 박두진, 박영준 두 선생님의 모습이 아직도 기억에 생생하다.

# 사랑은 노래한다

즐겨 읽는 요셉 피퍼의 책 가운데 『Only the Lover Sings(사랑하는 자만이 노래를 부른다)』라는 소책자가 있다. 책머리에서 말하듯 이 제목은 아우구스티누스의 "cantare amantis est", 곧 '노래하는 것은 사랑하는 사람의 일'이라는 말을 옮긴 것이다.

숲이 우거진 곳에서 들려오는 새소리는 시끄럽지 않고 아름답다. 왜냐하면 그것은 대부분 구애(求愛)의 음성이기 때문이다. 연인들의 눈길이 부드러운 것처럼 연인들의 음성 또한 달콤하다. 눈길과 음성에 사랑이 담겨 있기 때문이다.

도심 한복판에 사시는 한 신부님의 응접실 테이블 위에는 커다란 돌 대야가 하나 놓여 있다. 거기서는 언제나 개울물 흐르는 소리가 들린다. 낮에는 소음에 묻혀 거의 들리지 않지만 밤이 되면 낮에 들리지 않던 소리들까지 합세해 제법 크게 졸졸거리며 노래를 부른다.

관상 수도자나 피정 중인 사람 들에게 일차적으로 요구되는 것은 침묵이다. 그 침묵은 그저 소리를 내지 않는 것에 그치지 않고 하느님의 음성을 (자기 자신의 음성일 수도 있다) 듣기 위해 귀 기울이는 것이다. 즉 침묵은 소극적인 소음(消音)의 행위가 아니라 적극적인 경청(傾聽 또는 敬聽)의 행위이다.

침묵 속에서는 이해관계에 얽혀 있거나 분노에 찬 소리들은 가라앉고 오직 사랑만이 담긴 정갈한 목소리들이 떠오른다. 피정할 때마다 늘 경험하는 바이지만, 처음 며칠간은 침묵을 지키기가 매우 힘들다. 침묵은 늘 자기 이야기만을 쏟아놓던 교만에서 벗어나 참을성 있게 상대방의 이야기에 귀를 기울여야 하는 겸손의 행위이기 때문이다.

귀가 참다운 순명을 몸에 익힌 뒤에야 우리의 입은 비로소 나지막이 찬미와 감사의 노래를 부르기 시작한다.

"주님을 찬미하라. 주님의 자비는 깊고 그 사랑은 영원하시다."[3]

고등학교 3학년 때 우리 반 친구들은 모두 소위 'SKY' 대학에 원서를 냈다. 그러나 나는 홀로 중앙대학교 예술대학 문예창작과에 원서를 냈다. 중학교 때부터 쟁쟁한 문인들을 배출한 서라벌예술대학 문예창작과로 가야겠다고 생각한 적이 있었지만, 서라벌예술대학은 1972년 중앙대학교에 합병되었다. 아버지는 문예창작과로 가면 등록금을 줄 수 없다고 잘라 말씀하셨다. 나는 입학 등록금만 내주면 그다음 학기부터는 내가 알아서 하겠다고 대책 없는 대답을 하였다. 예술대학은 본고사에 수학이 제외되어 시험이 한결 수월했다. 합격하여 입학금을 내러 학교 총무과에 간 나는 뜻밖의 말을 들었다. 예술대학 수석이라 전액 면제라는 것이었다. 그러나 집에 와서도 나는 그 사실을 말하지 않았다. 이미 받은 입학금으로 다음 학기 등록금을 내야 할지도 모르기 때문이었다. 그러나 무슨 영문인지 아버지는 매 학기 등록금을 주셨다. 나도 매 학기 장학금을 받았지만 말씀드리지 않았다. 대신 용돈을 타지 않고 등록금을 한 학기분 용돈으로 썼다.

한번은 아버지와 김녕(金寧) 김 씨 종친회 사무실을 방문했다. 아버지는 내가 중학교 때부터 받은 상장과 메달, 트로피 등을 보여주며 영재라는 것을 힘주어 말씀하셨다. 얼마 후 종친회 회보에 내 사진과 기사가 실렸다. 나는 아버지가 종친회로부터 장학금을 받기 위해 그 일을 하신 것이라는 사실을 나중에야 알게 되었다. 감사의 인사를 드리러 나는 혼자 종친회 사무실을 찾아갔다. 그런데 놀랍게도 종친회 사무실이 그새 사라지고 없었다. 1979년 10월 26일 김재규 중앙정보부장의 박정희 대통령 시해 사건 직후였다. 김재규 부장의 형이 종친회장인 까닭에 여파가 있었던 모양이다. 그 무렵에 사육신(死六臣) 진위 소송도 있었다. 김재규 부장의 힘을 빌려 종친회가 김녕 김 씨 조상인 김문기가 참 사육신이라고 주장했던 것이다. 노량진 사육신 묘에 가보니 김문기 가묘가 있었다. 그 뒤 확인해보지는 않았지만 모든 것은 틀림없이 없던 일이 되었을 것이다.

나는 재학 중에 누구보다도 먼저 문단에 데뷔하리라고 믿고 있었다. 1학년 첫 시 실기 시간에 시인 구상 선생님을 만났다. 선생님은 특이하게도 첫 시간은 시론이 아니라 종교(불교) 강화를 하셨다. 지금 돌이켜 보면 선생님의 가르침은 이러했다. 시는 기경(奇驚)이 아니며, 더욱이 기어(綺語)여서도 안 되고, 언령(言靈)을 잘 담고 있어야 한다는 것이었다. 하여간 시는 언어의 감각이라고만 생각하고 있었던 나는 한 해가 끝날 무렵 더는 선생님이 원하시는 시를 쓸 수가 없었다.

구상 선생님을 만나고 나서는 '시를 어떻게 쓸 것인가'가 아니라 '어떤 인생을 살 것인가'가 나의 화두가 되었다. 인생의 가치인 진선미를 동시에 추구하며 사는 길은 없을까? 학문과 종교와 예술을 동시에 수행하며 살 수는 없을까? 그러다가 문득 '사제가 되면 할 수 있지 않을까' 하는 생각이 스쳐 지나갔다. 그 무렵 공덕동에 살았던 나는 본당 수녀님과 교리 공부를 하다가 신부님께 면담을 청하였다. 그리고 사제가 되고자 하는데 어떻게 생각하시냐고 여쭈었다. 그러나 본당 신부님은 내게 사제 생활의 여러 현실적인 어려움만을 말씀해주셨다. 격려를 받을 줄 알았던 나는 실망하여 사제가 되려던 생각을 그만 접었다.

학장이셨던 김동리 선생님께서 소설 실기를 지도하셨지만, 1학년 때부터 나는 수업에 한 번도 들어가지 않았다. 호흡이 짧아 긴 글을 쓸 수가 없었기 때문이다. 그래도 학기 말 과제는 A를 받았다. 선생님께 특히 감사드리고 싶은 것은 우리 모두가 강제로 교직 과목을 이수한 점이다. 졸업 후 제자들의 생활을 염려하셨던 동리 선생님의 사랑이 느껴진다. 나중에 보니 선후배 동기들 대부분이 정말 중·고등학교에서 교사를 하고 있었다. 2학년 때부터 내게 각별히 애정을 보여주셨던 유주현 선생님도 생각난다. 선생님이 일찍 돌아가시지 않았다면 소설 습작도 해보았을 것 같다. 3학년 때부터는 미당 서정주 시인의 수업도 있었다. 그러나 구상 선생님께 경도되어 있던 나에게 그 수업은 감흥이 크지 않았다. 오히려 4학년 때 강사로 오셨던 김종문 시인(내가 졸업논문을 썼던 김종삼 시인의 형)의 수업 시간이 더 설레었다. 그런데 그분도 학기 말이 채 되기도 전에 돌아가시는 바람에 다시 불이 붙던 시 습작도 중단되었다. 그러고 보면 인생에는 계속 이어지는 인연도 있고 도중에 끊어지는 인연도 있는 듯하다.

3학년 때 『조선일보』의 「젊은이의 발언」이란 칼럼에 글이 실린 적이 있다. 원고료를 준다기에 조선일보사로 갔다. 무장한 계엄군들이 출입구를 지키고 있어 분위기가 아주 살벌하였다. 소설가인 송상옥 선배가 당시 문화부장이어서 글을 실어주었는지도 모른다. 그분과 식사라도 하면서 물어볼 생각이었지만 분위기상 그날은 인사만 하고 헤어졌다. 그러나 나중에도 뵐 기회가 주어지지는 않았다. 소문에 따르면 미국 이민을 가신 듯했다. 원고료는 1만 6천 원 정도였다. 내 생애 첫 원고료 수입이었다.

4학년 때는 모교로 교생실습을 나갔다. 마침 광주민주화운동으로 사회가 혼란의 도가니였다. 나는 학생도 사회인도 아닌 어정쩡한 신분으로 상담실에서 매일 텔레비전이 전하는 참상만을 보고 있었다.

대학 시절 내내 나는 생텍쥐페리에 심취해 있었다. 솔개처럼 하늘에서 지상을 내려다보며 명상에 잠겨 있다가, 어느 날 기관 고장으로 사막에 불시착한 조종사의 대사처럼 "구조대는 오지 않는다. 내가 구조대다"라고 중얼거리며 살았다. 한편 미완성 유고인 『성채』를 매일 아침 성경처럼 읽고 묵상하였다. 나는 그것을 원어로 읽고 싶었다. 그래서 학교를 한 학기 휴학하고 그 학기 등록금으로 회현동에 있는 알리앙스 프랑세즈를 다녔다. 그곳은 한국의 암울한 분위기에서 벗어날 수 있는 나의 유일한 해방구였다. 나는 훗날 예수회에 들어와서도 프랑스로 신학 공부를 하러 가려고 했지만 뜻밖에도 로마로 가게 되었다.

사람은 생각하고 언제나 하느님이 정하신다.

# 예술…… 구원의 찬미

오래전에 현대 무용가 머스 커닝햄의 춤을 보러 간 적이 있다. 커닝햄의 춤은 제목 그대로 정말 '무의미'한 춤이었다. 그저 그때그때 흐름에 따라 즉흥적으로 움직이는 몸짓의 연속이었다. 그런데도 집으로 돌아가는 길 내내 나는 참으로 살아 있다고 느꼈다.

그날 밤 매서운 한파에도 불구하고 공연장 앞에서 한 여자가 비닐 가방 댓 개를 땅바닥에 늘어놓고 팔고 있었다. 바닥에는 '한 개 2500원'이라고 쓰인 종이가 놓여 있었고, 등에 업혀 있는 아가의 볼은 이미 새빨갛게 얼어 있었다. 길을 걸으며 나는 이처럼 차가운 현실을 외면한 채 평생 무의미한 꿈만 꾸며 살아갈 건지 자문해보았다. 나는 그때 오직 예술의 아름다움만이 세상을 구원할 것이라고 믿고 있었다.

2003년 4월 1일 저녁, 명동성당에서 상트페테르부르크 아카펠라 합창단이 부르는 라흐마니노프의 「저녁 기도」를 들었다. 1915년 초연된 이 주옥같은 작품은 반세기 동안이나 금지되어 있다가 이번에 내한한 지휘자 체르누센코에 의해 1982년 다시 연주돼 일대 파란을 일으킨 곡이기도 하다. 남성 단원들의 수도자 같은 검은 단복과 여성 단원들의 화려한 금빛 드레스가 묘한 대조를 이루면서 인간의 비참과 하느님의 자비를 노래하고 있었다.

돌아오는 길목, 을지로입구 지하철역에는 많은 노숙자들이 모여 있었다. 그중 홀로 앉아 있던 한 여인의 눈빛만이 유독 가슴에 와 박힌다. 귓가에선 「저녁 기도」가 계속 맴돌며 속삭이고 있었다. "세상을 구원하는 것은 예술이 아니라 예술이 드리는 찬미의 기도이다."[4]

학부 2학년 때 김복영 선생님의 예술학이란 과목이 있었다. 예술철학이 아니라 예술과학을 배우는 수업이었다. 이른바 '위로부터의 미학(형이상학적 미학)'이 아니라 '아래로부터의 미학(과학적 미학)'이었다. 모두가 처음 듣는 내용이라 신기하기도 했지만, 처음으로 제대로 공부하는 듯한 생각에 학점을 따고도 세 번이나 더 청강을 하였다. 그리고 선생님을 따라 당시 명동에 있던 독일 전문 서점 소피아에도 가보고, 화곡동 자택까지도 가서 방 안 가득 쌓인 복사본들을 보며 미학을 제대로 공부해보고 싶다는 생각을 했다. 사실 꼭 시인이 되기 위해서 문예창작과에 진학한 것은 아니었다. 고등학교 때부터 예술이론을 공부하고 싶었는데, 어디서 해야 할지를 잘 몰라 그나마 재주가 있던 문학 방면을 택하여 예술대학으로 진학한 것뿐이었다.

3-4학년 때는 계엄령이 내리고 교내·외 할 것 없이 연일 데모가 벌어지는 상황에서도 나는 여기저기 춤판을 따라다녔다. 더 이상 언어에서 길이 보이지 않자 몸 그 자체로 관심을 돌렸던 것 같다. 나는 주로 현대무용을 보러 다녔다. 당시 현대무용은 내게 '몸으로 쓰는 시'로 여겨졌다. 그때에는 무용수 대부분이 여자였고 또 관객들도 대부분 무용과 여학생들이었다. 단골 남자 관객으로는 시인 김영태 씨와 또 한 분이 있었다. 신분을 물어보니 자기는 재미동포이고 비뇨기과 의사라고

하며 머리도 식힐 겸 보러 온다고 말했다.

그러나 내게 가장 충격적이었던 순간은 오히려 우리 춤인 이매방 선생의 승무를 보았을 때였다. 비좁은 원서동 공간사랑에서 있었던 그날의 공연은 내게 천지개벽처럼 느껴졌다. 엎디어서 흐느끼던 어깨는 서서히 일어나 사뿐사뿐 하늘을 이고 걸어가다가 북채를 쥐고는 그동안 쌓인 한을 풀듯이 북을 두드리며 울다 웃다를 반복했다.

그날의 충격으로 나는 훗날 도쿄에서 한국무용연구소를 찾아가 '기본 춤'만을 배웠다. 그곳은 재일 동포들로 구성된 한 무용단의 연습소이기도 했다. 곧 익숙해질 것 같았던 춤사위는 반년이 지나도 제자리였다. 내가 우리 춤을 너무 만만하게 본 것이 틀림없었다. 우리 춤이 한 동작 한 동작 고도로 세련된 몸놀림이란 걸 그때 깊이 이해하게 되었다.

# 두 갈래 길에서

우연히 전직 장관이란 분과 만난 적이 있다. 그 자리에서 그는 고교 내신 성적에 봉사 활동을 반영시킨 것이 바로 본인이었다고 자랑스레 말하였다. 나는 순간 아연실색하고 말았다. 교육자의 머리에서 봉사를 점수로 환산하는 발상이 나오다니……. (나중에 한 시설에서 들은 이야기지만, 어떤 부모는 자녀를 대신하여 봉사활동을 하고 도장을 받아 간다고 했다. 학생은 그 시간에 학원에 간다는 것이다.)

철학자 가브리엘 마르셀은 "사람이 사람에게 줄 수 있는 가장 큰 선물은 순수한 섬김의 정신에서 오는 추억이다"라고 말했다. 봉사는 어디까지나 남을 위한 것이지 자신을 위한 것이 아니다. 자신을 위한 봉사(self-service), 그것은 다름 아닌 우상숭배이다. 그럼에도 불구하고 현대사회는 셀프서비스를 하나의 미덕처럼 여기고 있다.

최근 대학의 교양 교육 평가에서 우수한 점수를 받은 몇몇 대학들의 특징은 봉사 활동 30시간 이상을 규정하고 있다는 점이다. 그리고 졸업장에는 '품성 인증제'라든가 '인성품'이라든가 하는 직인을 찍어준다고 한다. 초등학교 성적표 같은 그 직인이 대학생의 품성을 위한 것이라기보다는 취업을 위한 것이라는 것은 빤한 일이다. 봉사는 드러내고 하는 것이 아니라 은밀히 하는 것이다. 성경은 "선행을 베풀 때에는 오른손이 하는 일을 왼손이 모르게 하라"고 충고하고 있다.[5]

대학을 졸업하던 해, 나는 두 갈래 취업 길에 서 있었다. 학교로 추천 의뢰가 들어온 P화장품 회사와 고교 동창의 아버지가 교장으로 있는 M고등학교였다. 당시 P화장품 본사는 서울역 앞 대우빌딩 안에 있었다. 그곳에서 면접을 보면서 나는 '카피

라이터'라는 직종을 처음으로 알게 되었다. 나는 그 회사에 당연히 취직되리라고 믿고 있었는데 얼른 연락이 오지 않아 하는 수 없이 M고등학교로 가기로 결정하였다. 그런데 하필이면 담임 배정까지 끝난 입학식 날 P화장품 회사에서 출근하라는 연락이 왔다. 그러나 교사를 해보고 싶은 마음도 있는 데다 취직을 배려해준 동창 가족과의 의리도 지키기 위해 그냥 학교에 남기로 하였다.

학교에서 1년을 보내는 동안 시험 답안만을 가르치는 고교에서는 더 이상 공부할 필요도 없고, 더 이상 공부해서도 안 된다는 것을 알게 되어 견딜 수가 없었다. 현상 유지만을 하며 시간을 보내기에는 나의 머리가 너무나 젊었기 때문이다. 그래서 홍익대학교 대학원 미학과에 진학하기로 하였다. 미학과에는 임범재 선생님이 계셨다. 나의 완전한 오산이었다. 임 선생님은 김복영 선생님과는 달리 예술과학자, 예술비평가가 아니라 독일에서 칸트와 헤겔 등 고전미학을 전공한 예술철학자이셨다. 우선은 독일어와 철학사를 잘 몰라 수업을 따라가기가 어려웠다. 나는 이를 만회하고자 교사직을 사임하였다. 그리고는 수업 준비에 전념하였지만 역부족이었다.

임 선생님은 여느 선생님과는 다른 방식으로 수업을 진행하셨다. 3학점에 맞게 3시간만 하시는 것이 아니라 오전 10시부터 오후 6시까지 하루 종일 세미나 방식으로 수업하셨다.

오전에는 지난주 내준 숙제들을 발표했고, 오후에는 이를테면 칸트의 『판단력 비판』을 강독하며 다시 질문들을 만들어 우리에게 그것을 숙제로 주셨다. 세미나에는 이미 학점을 취득한 선배들, 심지어는 졸업생들도 참석하였다. 그러나 대부분 독일어 원서들을 참고하여 발표해야 했기에 발표 당일에는 나타나지 않는 선배들도 많았다. 또 대개 미술학부에서 실기를 전공했기에 석사과정을 졸업하는데도 3-4년씩 걸렸다. 어느 날 나는 공부 과로로 하숙집 문 앞에서 쓰러지고 말았다. 그 후로는 책상 앞에 앉는 것이 너무나도 두려웠다. 이대로 죽을 수도 있겠다는 생각이 들었다.

그 무렵 나는 대부님과 앞날에 관해 이야기를 나누었다. 대학원을 마치고 다시 신학교에 갈 수 있을지 걱정이라는 말씀을 드렸더니 대부님은 수도회에 가는 게 낫겠다고 하셨다. 그때 나는 수도회가 있다는 것을 처음 알았다. 그래서 예수회 지원자 담당인 박홍 신부님을 만나게 되었다. 신부님은 지원자 모임 날짜를 알려주시며 그때 나오라고 하셨다. 당시 예수회 신학원은 지금의 예수회센터 자리에 있었는데 아담한 2층 집이었다. 왠지 마음이 편안했다.

한번은 신학원에서 지원자를 위한 8일 피정이 있었다. 마지막 날 신부님은 예수성심상을 가리키며 "하느님의 자비는 넓은 바다와도 같아서 우리의 죄를 그 바다에 던져버리면 마치 작은 돌멩이 하나가 물에 잠기듯 아무런 일도 일어나지 않는다" 하셨다. 나는 상상으로 나의 죄 덩어리를 던져보았다. 정말 퐁! 하는 소리만 날 뿐 아무 일도 일어나지 않았다. 그러고 나서 예수성심상을 바라보자 갑자기 눈물이 흐르기 시작했다. 나는 방으로 돌아와 한참을 울었다. 아마 첫 회심이었던 것 같다. 그래서 신부님께 "신부님, 오늘 갑자기 세상이 달라져 보입니다" 하고 말씀드리자 신부님은 "세상은 하나도 변한 게 없다. 네가 변한 것이다" 하셨다. 그 이후 친구에게 전화를 걸었는데 친구도 내게 "너 목소리가 변한 것 같아" 하였다. 나는 몇 달 동안을 그렇게 조금은 거룩한 상태로 지냈다.

신부님은 나에게 입회 전에 서강대 대학원에서 신학 코스를 한 학기 이수하면 좋겠다고 하셨다. 그래서 입학시험에 응했다. 그때 앞자리에는 정말 너무나도 예쁜 수녀님이 앉아 있었다. 젊은 시절의 이해인 수녀님이었다.

그해 겨울, 해인 수녀님의 소개로 베네딕도회의 조광호 신부님을 만나게 되었다. 조 신부님의 추천으로 왜관수도원 견학을 갔던 나는 수도원 식당에서 입회 지원자로 잘못 소개되는 바람에 그대로 수도원에 머물게 되었다. 그러한 사연으로 봄에는 장충동에 있는 베네딕도회신학원으로 올라와 지원자로 지내게 되었다. 양성 책임자인 K신부님은 내게 홍대에서 공부를 마치면 좋겠다고 하셨다. 그리하여 나는 다시 미학과로 돌아가 남은 학기를 채웠다. 그런데 왠지 베네딕도회의 생활양식이 나와는 맞지 않는 것 같아 결국 다시 예수회 지원자로 돌아왔는데, 그 사이에 여러 오해가 겹쳐 한 해를 쉬게 되었다. 그해가 마침 어머니가 회갑을 맞으시는 해라서 놀고 있을 수만은 없어 가톨릭출판사에 취직하여 『소년』 잡지부에서 기자로 일했다. 그때 편집부장으로는 아동문학가 김원석 선생님이 계셨다. 호탕하신 부장님의 배려로 아주 자유로운 분위기에서 일할 수 있었다. 일은 단조로웠지만 지원자 생활을 하기에는 안성맞춤이었다. 그러다가 이듬해 2월 입회가 결정되었다는 박홍 신부님의 전화를 받았다.

그때 편집부 식구들은 내가 한 아가씨를 만나 결혼하길 바랐던 것 같다. 연애하고 있다는 소문도 은근히 나서 모두들 "경사 났네, 경사 났어" 하며 좋아들 하였다. 그러나 내가 수도회에 입회하게 되었다는 소식을 전하자 편집부 분위기는 곧 무겁게 가라앉았다. 그때 내가 한 아가씨를 기쁘게 만나고 있던 것은 사실이지만, 막연한 불안감이 내 안에 자리 잡고 있던 것도 사실이다. 그러던 중에 입회가 결정되었다는 소식을 들은 것이다. 그 순간 충만한 기쁨이 확 밀려왔다. 그와 같은 배우자를 다시는 만날 수 없으리라는 아쉬움도 컸지만, 하느님의 부르심이 나를 이기고 있었다.

# 초록에 젖어, 봄에 취해

일본 미술사학자 야나기 무네모토의 『색채와의 대화』에는 히말라야의 4000-5000미터 이상 고지에서만 핀다는 푸른 양귀비꽃 이야기가 나온다. “꽃은 하늘 아래, 아니 하늘 가운데서만 핀다. 꽃잎은 하늘색으로 물들어 있다. 지상의 그 어떤 것도 하늘의 푸름에 물드는 일이 없지만, 저 꽃잎만큼은 예외다.”

언젠가 우즈베키스탄의 손 자수 옷감 ‘스자니’에 얽힌 다

큐멘터리 방송을 본 적이 있다. 우즈베키스탄은 1924년부터 소비에트연방이 해체된 1991년까지 공산주의 치하에 놓여 있었는데, 그 사이 스자니의 주요 색상인 푸른색이 사라지고 말았다. 그래서 최근 한 민속박물관장은 전통적인 푸른 색상을 재현해보려고 몇 년째 전국을 돌아다니며 시골 아낙네들과 실험을 하고 있었다. 그는 왜 그 푸른 색상을 살려내려고 그토록 애를 쓰는 것일까? 우즈베키스탄의 하늘색이기 때문일까? 이슬람 모스크의 돔이 푸른 하늘을 상징하는 것도 다 그런 이유에서일까?

2003년 4월, 갤러리 현대에서는 서양화가 신수희의 「빛을 넘어서」 전시가 열렸다. 평자들은 그녀의 작품 세계를 "공기와 물과 초록이 서로 어우러진 푸른 조화의 세계"라고 말한다. 사실 그녀의 그림을 들여다보고 있노라면, 나도 모르는 사이 바닷물에 잠겨 들어 물풀 사이를 헤엄쳐 다니는 듯한 착각을 하게 된다. "왜 하필 푸른색을?" 그녀는 답한다. "하늘과 먼 산을 보는 걸 좋아해서요." 그렇게 말하고는 "우리가 사는 지구는 푸른색이 아니던가요?" 하고 되묻는다. 모든 초목이 새록새록 푸름을 뿜어내는 요즈음, 지구는 인간의 욕심이 빚어낸 상처로 군데군데 붉게 물들어 있다.[6]

1985년 2월 24일, 나는 다른 세 명의 수련자와 함께 수원 파장동 말씀의 집 옆에 있는 예수회 수련원으로 들어갔다. 당시 수련원 앞에 포도밭이 있어서 우리는 주로 포도밭에서 잡초를 뽑으며 일과를 보냈다. 수련기 중에는 한 달간의 영신수련 대피정과 병원 실습 및 농촌 실습이 있었다. 나는 피정 첫 주간 죄 묵상 중에 그동안 스스로 알게 모르게 지은 죄의 무게를 절감하고 수련원을 나오려고 하였다. 크나큰 죄인이 거룩하신 예수님의 제자가 되겠다고 계속 따라다닐 수는 없다고 생각했다. 그러나 이상하게도 수련장 신부님은 내가 집으로 돌아가는 것을 허락하지 않으셨다. 그다음 날 아침 다른 형제가 수련원을 떠나는 것을 보며 꼭 나를 대신하여 떠나는 것 같은 생각에 무척 마음이 아팠다. 나중에 깨달은 것이지만 죄 묵상 기간 중에는 자신의 죄 안에 갇혀 있어서는 안 되고, 오히려 자신의 죄보다 훨씬 더 큰 예수님의 자비를 묵상해야 했다.

6주 동안은 P성모병원에서 실습을 했다. 수녀님들이 운영하는 곳으로 규모가 꽤 큰 종합병원이었다. 수련장 신부님께서는 수녀님들에게 절대로 수사님이라고 부르지 말고 별도의 대접도 하지 말라고 엄포를 놓고 가셨다. 그런데 수련 수사를 처음 받은 수녀님들이 순진(?)하게도 그대로 명을 따르시는 바람에 병원에서는 우리가 예수회 수사라는 것을 아무도 몰랐다. 처음 3주간 나는 중환자실에 배치되었다. 하는 일은 주로 중환자들에게 욕창이 생기지 않도록 두 시간마다 좌우로 움직여주는 것이었다. 대부분의 환자들은 의식이 없기에 아주 무거웠다. 체구가 작은 나는 병실을 한 바퀴 돌고 나면 힘이 쭉 빠져버렸다. 게다가 2교대였기에 아침 7시부터 저녁 7시까지 근무하였다. 그러니 새벽에 아무리 아침밥을 많이 먹고 나와도 식사 내용이 부실했는지 금방 배가 고팠다. 한편 저녁 7시부터 아침 7시까지 하는 밤 근무는 힘은 덜 들었지만 간혹 한밤중에 사망하는 환자라도 있으면 혼자 시신을 싣고 영안실 냉동고까지 운반해야 했다. 그나마 내가 밤 근무일 때에는 한두 분만 돌아가셔서 다행이었다. 3주 후 수련장 신부님이 다시 오셨을 때 내가 애로 사항으로 배가 고프다고 말하자 수녀님들이 깜짝 놀라시며 그날부터 먹을 것을 잔뜩 마련해주셨다. 그날 저녁 나는 모처럼 고기를 먹을 수 있었다. 그리고 맥주도 한잔하고 목욕탕에 갔다가 쓰러져 응급실에 입원하는 해프닝도 일어났다. 병원에 일하러 왔다가 거꾸로 입원을 한 것이다. 사흘가량 입원하는 동안 창밖을 내다보니 밖이 대단히 분주해 보였다. 나중에 안 일이지만 김장을 하고 있었던 것이다. 입원하지 않았더라면 김장을 돕다가 과로로 쓰러져 입원했을 것이다. 그 정도로 배추의 양이 산더미처럼 많았다. 하필 김장할 때 어디론가 도망갔다가 돌아왔다고 눈총을 받으며 나는 일에 복귀했다.

나머지 3주간은 정신병동에 있었다. 그곳에는 별의별 환자들이 많았다. 대개 몸은 멀쩡해도 정신이 병드니 쉽사리 고치기가 힘들었다. 중환자들은 곧 죽거나 천천히 회복하거나 둘 중 하나지만 정신병 환자들은 거의 회복이 불가능했다. 처음에는 화도 많이 났지만 시간이 갈수록 가엾게 느껴졌다.

농촌 실습은 서천으로 갔다. 가을걷이가 한창이었다. 우리는 공소에서 자면서 공소회장님 댁에서 주는 밥을 먹고 벼 베기를 나갔다. 벼를 베다가 힘이 들면 새참으로 막걸리를 마셨는데 술기운이 금방 땀으로 다 배출되었다. 그러나 종일 그렇게 몇 차례 마시다 보면 해질 무렵에는 취기가 누적되어 다리가 후들거렸다. 내가 못다 한 부분은 언제나 어떤 아저씨 한 분이 마저 하셨다. 그분의 막내딸은 농아였다. 일이 없는 겨울에는 도시로 나가 막일을 한다는 그분의 말에 농한기에는 좀 쉬시는 게 어떠신지 묻자 막내딸 수술비를 벌어야 한다고 하였다. 뒤에서 자기 딸을 부르면 듣지 못하고 그냥 가는 것이 가장 마음 아프다고 하였다.

2년간의 수련 후, 1987년 2월 25일 나는 비로소 첫 서원(誓願)을 하였다. 예수회는 다른 수도회와 달리 첫 서원이 유기 서원이 아니라 영구 서원이다. 그래서 사제품을 받기 전에 종신 서원을 하는 것이 아니라, 사제품을 받고 나서 다시 제3수련기(tertianship)를 거쳐 최종 서원을 한다.

# 첫사랑 페루자

내가 입회할 무렵부터 한국 예수회는 여러 가지 변화를 겪었다. 무엇보다 큰 변화는 미국 위스콘신 관구의 미션 지부였다가 한국 지구로 독립하게 된 것이었다. 또한 성소 증가로 인해 수련원을 평창동에서 수원 파장동으로 옮겼다.

신학원도 지금의 예수회센터 자리에서 화곡동으로 이사를 갔다. 당시는 자가용이나 승합차도 없었기에 매일 만원 버스에 시달리며 힘들게 통학을 해야 했다. 그리고 그 이전처럼 서강대 철학과에 자동으로 학사 편입을 할 수도 없었기에 청강을 하였다. 무엇보다도 당시는 학문보다 사회 현장에 더 큰 관심을 가졌던 시기였다. 우리는 '빈민들의 대부'라고 불리던 정일우 신부님과 함께 철거민들이 투쟁하는 현장에서 많은 시간을 함께 보냈다. 그와 같은 이런저런 이유로 나는 철학 공부를 깊이 할 수 없었다.

첫 서원을 하고 서울로 올라온 그해 늦가을, 하나뿐인 형이 세상을 떠났다. 향년 35세였다. 혼자 차를 몰고 가다가 새벽안개 속에서 교각을 들이받았다고 하였다. 온몸이 파열되어 있는 형을 보는 순간 살기 어렵겠다고 직감했다. 그때 형이 내게 마지막으로 한 말은 "하마터면 죽을 뻔했다"였다. 나는 얼른 대세를 주었다. 어머니의 세례명이 모니카였으므로 형의 세례명은 아우구스티누스로 하였다. 형이 죽자 어머니는 영안실에서 통곡하셨다.

형은 어렸을 때부터 그림을 잘 그렸다. 모두 큰 화가가 될 거라고 했다. 그런데 중학교에 들어가면서부터는 이상하게 그림은 그리지 않고, 학교에 가는 대신 몰래 전기 기타나 드럼을 가르치는 학원을 다녔다. 어머니가 돈을 빌려 기타나 드럼을 사 주면 아버지가 부숴버리는 일이 몇 번이고 되풀이되곤 하였다. 아버지가 마포경찰서에 형을 불량소년으로 신고해 잡혀가면 어머니가 찾아가 데려오곤 하셨다. 그러다가 형은 학교를 그만둔 여느 동네 청년들처럼 해병대에 자원입대를 하였다. 월남에 가서 돈을 벌어오겠다고 한 것이다. 그러나 훈련소에 있을 때 운명처럼 월남 파병이 중단되어 형은 경상도 감포에서 해안 방어를 하였다. 그 후 제대한 형은 운전을 배워 어느 작은 회사에 취직하였다. 그러다가 결혼을 하고 아이도 둘 낳아 살던 중에 그리된 것이다. 친척들은 나더러 수도회에서 나와 다시 집으로 돌아오라고 하였다. 나는 이미 영구 서원을 했으므로 집으로 돌아가지 않았다. 어머니는 형이 남긴 두 손자들을 (당시 다섯 살, 세 살이었다) 두 아들을 키우셨던 것처럼 키우며 사셨다. 어머니는 내 생일에는 전화하시지 않으면서도 형의 기일이 되면 꼭 내게 전화를 하셨다. 그러나 여든 몇 살 이후로는 전화를 하지 않으셨다. 가슴에 묻힌 아들의 음성이 이제 더는 들리지 않을 만큼 시간이 흐른 것이다.

사실 나는 신학 과정은 프랑스에서 하기로 마음먹고 어학 공부에 박차를 가하고 있었다. 장학금을 준다는 이유에서였다. 그런데 갑자기 양성 담당이 김태관 신부님으로 바뀌어 생각지도 않던 로마로 가게 되었다. 1989년 6월이었다. 본부로부터 50달러를 비상금으로 받아 들고 비행기라는 것을 처음 타보았다. 조종사인 생텍쥐페리를 흠모했던 내게 비행기는 늘 동경의 대상이었다. 당시에는 유럽으로 가기 위해서 앵커리지를 경유했다. 중국과 소련 상공은 아직 우리에게 열려 있지 않았다. 환승을 위해 1시간 머물렀던 앵커리지 공항 주차장에 승용차가 아닌 소형 헬리콥터들이 꽉 차 있는 광경이 매우 이색적으로 보였다. 앵커리지에서 프랑크푸르트까지 다시 8시간을 날아갔다. 그리고 다시 로마로 가는 비행기를 타기 위해서는 5시간을 기다려야 했다. 나는 뉘른베르크에 계신 조광호 신부님과 전화 연락을 하여 3시간 뒤에 공항 식당에서 만나기로 하였다. 오기 전에 홍윤숙 시인으로부터 조 신부님께 전해달라며 받은 것이 있었기에 거리가 얼마나 되는 줄도 모르고 전화 연락을 한 것이다. 나중에 식당에서 들어 보니 조 신부님은 미사를 드리러 성당으로 들어가다가 전화를 받고는 미사를 다른 신부님께 부탁한 뒤 서둘러 열차를 타고 3시간 만에 공항으로 오셨다고 했다. 아무리 전해줄 게 있었다고는 하나 무척 미안했다. 하여간 그때 나는 공항 중국 식당에서 북경오리구이를 처음 먹어보았다. 그날 먹은 요리가 훗날 북경의 한 고급 식당에서 먹었던 것보다 훨씬 더 맛있었던 것 같다.

알프스를 넘어 로마로 가는 이탈리아 비행기 안에서 내가 취한 것은 포도주 때문만은 아니었다. 이탈리아 승무원 아가씨들은 참으로 아름다웠다. 알프스의 난기류로 비행기가 몹시 흔들렸지만, 이대로 추락한다 해도 함께라면 여한이 없을 정도였다. 그러나 내가 그렇게 이목구비가 또렷한 이탈리아 미녀들에게서 흐릿한 일본 여자 관광객들에게로 시선이 돌아간 것은 그로부터 불과 1년 후였다. 과유불급이라고나 할까.

로마에 도착하고 2주 정도 지나서 나는 이탈리아어를 배우기 위해 페루자에 있는 국립어학학교로 갔다. 고지대여서 그런지 페루자는 한여름인데도 시원했다. 기숙사 옆방에는 폴란드 신부 한 사람이 있었다. 학교에 가기 전 우리는 인사를 해야 했지만 서로 통하는 언어가 없어 그저 쳐다보며 웃기만 하였다. 그 신부는 러시아어와 독일어를 구사할 수 있었지만 내가 할 수 없었고, 내가 할 수 있는 영어와 프랑스어를 그는 할 수 없었다. 그러한 사정은 수업 시간에 내 옆자리에 앉아 있던 일본인 학생과도 마찬가지였다. 우리는 한 달이 지나서야 겨우 이탈리아어로 인사를 나눴다. "본 조르노, 아미코! 코메 스타이?(안녕, 친구야! 잘 지내니?)" 서로 벙어리로 지내다가 대화할 수 있게 되자 무척 신기했다. 그 일본인 친구는 요리학교에 가기 위해서 언어를 배우러 왔다고 하였다. 우리는 시칠리아로 지타(소풍)를 갔을 때 한방을 썼다. 어학학교는 매주 주말마다 지타를 갔는데 일주일이나 가는 것은 처음이었다. 가는 마을마다 관공서에서 나와 환영해주었고, 광장에서는 밤늦도록 춤과 노래 공연이 펼쳐졌다. 나중에 일본으로 가게 될 줄 알았더라면 주소라도 물어보아둘 걸 그랬다. 하여간 그 일본 학생과 나는 선생님으로부터 매일 발음 교정을 받았지만 매번 헛수고였다.

한번은 맥주를 마시고 베네치아를 가다가 소변이 마려워 곤혹을 치른 적이 있었다. 당연히 휴게소에서 쉬겠거니 했지만 버스는 쉬지 않고 달렸고 길가에는 휴게소가 보이지 않았다. 할 수 없이 긴급히 차를 세워 누가 보거나 말거나 무턱대고 길에서 볼일을 보았다. 학교 멘사(구내식당)의 점심, 저녁 메뉴는 늘 똑같았지만 나는 처음 맛본 스파게티가 너무나도 맛있어서 두 달가량은 그것만 계속 먹어댔다. 그러나 기숙사에서 나와 방을 하나 얻은 뒤로는 저녁을 손수 해먹기로 마음먹었다. 학교에는 베네딕도회 수녀님 두 분이 계셨는데, 그분들이 시장 보러 갈 때마다 따라가 짐을 들어주며 요리법을 배웠다. 덕분에 생선 조림이나 소고기 장조림도 해먹을 수 있었다. 그래도 가져간 신라면 10개 중 마지막 라면을 먹는 날 아침에는 너무나 서운해서 눈물이 다 났다.

어느 날 학교 식당에서 정말 우연히 기현이를 만났다. 기현이는 예술대학 동창으로 공예를 전공했다. 과는 달랐지만 우리는 월요일이면 함께 운동장에서 교련을 받았기에 서로 잘 알고 있었다. 그런 기현이를 졸업하고 8년 만에 외국에서 만난 것이다. 가구 공예를 전공하는 기현이는 어학이 끝나면 밀라노에 있는 디자인 스쿨로 간다고 하였다. 한번은 기현이가 차를 샀다기에 같이 놀러 가기로 하였는데, 내가 급한 마음에 차를 후진하다가 번호판이 달린 범퍼를 망가뜨린 일이 있었다. 그래서 별수 없이 놀러 가지도 못하고 싸놓은 김밥을 그냥 집에서 먹었다.

무엇보다도 잊을 수 없는 일은 페라고스토(ferragosto, 8월 15일 성모승천대축일 전후의 휴일) 때의 일이다. 나는 공지사항을 못 알아들어 사흘간 모든 가게들이 문을 닫는다는 것을 미처 모르고 있었다. 미리 먹을 것을 사다두지 못한 나는 할 수 없이 먹을 것을 얻기 위해 저지대에 살고 있는 기현이네 집으로 가기로 하였다. 그런데 막상 집에 가보니 기현이가 집을 비우고 없었다. 결국 나는 주린 배를 움켜쥐고 다시 산을 걸어 올라와야 했다. 휴일이라 버스도 다니지 않았기 때문이다. 해가 쨍쨍 내리쬐는 가운데 배까지 고프니 언덕을 오르기가 정말 고역이었다. 겨우 언덕을 올라 광장에 주저앉은 채 혹시 아는 사람이라도 지나가길 바라며 두리번거리고 있었는데, 지금 기억으로는 아마 미리내수도회 수사님들을 만난 것 같다. 덕분에 사흘간을 무사히 넘길 수 있었다.

# 로마 제수신학원

적어도 1년은 지속될 줄 알았던 페루자 생활은 3개월 만에 끝났다. 로마 제수(Gesù)신학원 원장 신부님이 10월부터 학교가 시작되니 돌아오라고 하였기 때문이다. 아직 초급 과정도 제대로 끝나지 않았는데 너무하다 싶었다. 시험은 영어로 보면 된다고 하였다. 아니 내가 미국인도 아니고 어떻게 영어로 시험을 본단 말인가. 페루자를 떠나는 날은 비가 주룩주룩 내렸다. 로마로 돌아오는 버스 안, 내 마음에도 비가 내렸다. 페루자는 내가 처음으로 살아본 외국 도시였다. 마치 첫사랑과 생이별이라도 하는 듯한 기분이었다.

예수회 대학인 그레고리안대학교 신학부 첫 학기 내내 나는 수업을 하나도 알아듣지 못했다. 신학적인 내용도 처음이었을 뿐만 아니라, 당시 제대로 된 라틴어 – 한국어 사전, 이탈리아어 – 한국어 사전이 없었기에 단어조차 찾아볼 수 없었다. 예를 들어 첫 시간 수업 제목인 '마기스테리움(magisterium)' 조차 무슨 말인지 알지 못했다. 내 작은 사전에는 아예 그 단어가 없었다. 그래서 할 수 없이 커다란 이탈리아어 – 영어 사전을 보았는데 거기에는 기가 막히게도 동어반복으로 'magisterium : magisterium'이라고만 나와 있었다. 그러다가 1년이 지나서야 나는 우연히 일본 신학생이 사용하는 이탈리아어 – 일본어 사전을 보게 되었다. 거기에는 놀랍게도 'magisterium' 옆에 한자로 '교도권(敎導權)'이라고 적혀 있었다. 나는 즉시 그 신학생에게 같은 사전 한 권을 사서 보내달라고 부탁하였다. 일본어는 몰라도 한자가 나오니 대충은 알아볼 수 있었던 것이다. 당시 로마의 공항으로는 일본인 관광객이 하루 3천 명 이상 들어온다고 하였다. 거리에는 가이드의 깃발을 뒤따라가는 일본인 관광객으로 넘쳐나고 있었다. 관광 명소에는 서양어 팸플릿들과 함께 언제나 일본어 팸플릿도 함께 있었다. 몇 년을 공부해도 별 도움 안 되는 서양어 말고 이웃 나라 일본어를 배워둘 걸 하는 후회가 들었다.

첫 학년 첫 시험은 정말 가관이었다. 나는 영어로 된 강의록을 읽고서야 수업 내용을 알 수 있었다. 영어 강의록은 수업을 들은 여러 미국 신학생들이 공동으로 작성한 것이었다. 그러나 담당 교수가 바뀌면 시험문제도 같이 바뀌므로 이전 강의록은 쓸모가 없게 되어 새 강의록을 작성해야만 했다. 하필이면 내가 1학년 때 여러 과목의 교수들이 바뀌었다. 시험은 기출문제 15개 중에서 교수가 지목한 문제에 답하는 것이었다. 구두로도 필기로도 볼 수 있었는데, 작문을 할 수 없었던 나는 구두로 시험을 보았다. 시험장 밖에서 대기하는 동안 시험 때마다 만나는 독일인 신학생을 보았다. 그의 이름은 Keller였고 내 이름은 Kim으로 시작하기에 그는 언제나 내 앞에 있었다. 그러나 수업 중에는 한 번도 그를 본 적이 없었다. 출석 체크를 하지 않아서였다. 아마 그도 이탈리아어를 알아듣지 못하니 독일어 강의록만 읽고 와서 시험을 보는 듯했다.

첫 시험은 「공관복음서」였다. 내가 더듬거리자 수녀인 교수님께서 한국어로 해보라고 하셨다. 행운이었다. 나중에 알고 보니 수녀님이 속한 수녀회가 한국에 막 진출했다고 했다. 하여간 그 덕분에 무사히 살아남았다.

가장 큰 장벽은 「기초신학」이었다. 교수인 피지켈라 신부님은 로마 교구 신부였다. 그는 하도 악명이 자자해 미국 신학원(콜레지오 아메리카노)에서는 '피지킬러'라고 불렸다. 대개 첫 시험에서 떨어졌다. 언젠가 미국 신학원 오픈 하우스에 놀러 간 날, 신학생들이 영어로 "피지킬러, 네가 우리를 아무리 괴롭혀도 우리에겐 또 다른 꿈이 있지"라는 내용의 노래를 부르는 것을 들었다.

드디어 시험 날이 왔다. 나는 15문제를 다 외우고 갈 시간이 없었다. 다른 과목들도 많았기 때문이다. 그래서 절반만 외웠다. 특히 '신의 아들'과 '사람의 아들'이란 문제가 있었는데, 먼저 시험을 본 학생들에게 물어보니 '사람의 아들'에 관해서 묻는다고 했다. 그래서 나는 '사람의 아들'만을 외우고 들어갔다. 그런데 정작 신부님은 내게 '신의 아들'을 물어보았다. 나는 속으로 '떨어졌구나' 하면서 '사람의 아들' 답을 외웠다. 그랬더니 신부님은 내게 "왜 '신의 아들'이 아니고 '사람의 아들'을 대답하는가?" 하고 물었다. 나는 솔직히 "시간이 없어서 그것만을 외웠습니다"라고 대답했다. 그러자 신부님은 내게 "그 밖에 또 외운 것을 말해보게" 하셨다. 그래서 내가 대답하려 하자 "그만 되었어" 하셨다. 점심시간에 모두들 내게 "너도 떨어졌지?" 하고 물었다. 내가 통과했다고 하자 모두들 못 믿겠다는 표정을 지었다. 나는 우여곡절 끝에 「구약성서 개론」 한 과목만 다음 학기로 연기하고 모든 시험을 간신히 마쳤다. 원장 신부님은 내가 한 과목도 떨어지지 않았다며 환히 웃으셨다. 그 악명 높았던 피지켈라 신부님은 나중에 로마 교구 보좌주교, 지금은 대주교로 교황청 새복음화촉진평의회 의장으로 계시다.

그런데 이듬해 양성 책임자인 김태관 신부님이 갑자기 돌아가셨다. 마치 우리를 로마로 보내는 사명을 위해서만 양성 책임자가 되셨던 것처럼. 나와 함께 프랑스로 갈 예정이었던 S는 실망한 나머지 결국 로마 생활에 적응하지 못해 이미 반년 전에 한국으로 돌아간 뒤였다. 예수회 국제신학원인 콜레지오 델 제수(Collegio del Gesù)는 여름방학에는 문을 닫았다. 직원들도 휴가를 가야 하기 때문이란다. 그곳에는 전 세계 약 30개국에서 온 신학생이 60여 명가량 살고 있었다. 그때 나는 처음으로 아프리카 사람을 바로 앞에서 보았다. 그들은 치아와 손바닥, 발바닥만 하얘서 정말 사람인가 하는 생각이 들었다. 그것은 서양인의 경우도 마찬가지였다. 저 파란 눈동자로 정말 우리와 똑같은 것을 보는 걸까 하는 생각이 들었다.

제수신학원에서 가장 기억에 남는 일은, 지금은 성인이 되신 교황 요한 바오로 2세의 테데움 미사에서 미사 경본 복사를 섰던 일이다. 교황님은 12월 31일 테데움 미사를 드리시기 위해 제수성당에 오셨는데, 우리는 제의실에서 교황님을 맞이하였다. 그분은 복사들에게 일일이 인사를 하시며 머리를 어루만져주셨다. 그때 내게도 뭐라고 말씀하셨으나 당황한 나는 그 순간은 잘 알아듣지 못했다. 신부님이 지나가신 후 생각해 보니 그 말은 한국어 '찬미 예수'였다. 설마 한국어로 인사하실 줄 몰랐기에 알아듣지 못한 것이다. 서울에서 열린 세계성체대회도 다녀오셨으니 한국에 친근감을 느끼셨으리라. 그분은 복사 명단에 한국 출신이 있는 것을 아시고는 한국어로 인사하신 것이었다. 교황님을 처음 뵙는 순간 '이분은 성인이시다'라고 생각했었는데, 정말 성인이 되셨다.

제수신학원에서는 대개 오후 미사를 했는데, 1년에 딱 한 번 새벽 미사를 갔다. 교황님의 새벽 미사에 우리만 초대를 받는 것이다. 너무 이른 시간이어서 버스도 다니지 않기에 우리는 바티칸까지 걸어갔다. 미사가 끝나면 교황님은 한 사람 한 사람 일일이 악수를 하시며 묵주를 선물로 주셨다. 참으로 인자하신 분이셨다.

여름방학이 시작되자 유럽 신학생들은 각자 자기 나라로 흩어졌다. 나는 더위를 피할 겸 아일랜드 더블린으로 가서 예수회가 운영하는 학생 기숙사에서 지냈다. 그곳에서는 하루 세 번 감자튀김을 먹는 것이 고역이었다. 더블린은 생각보다 아주 작은 도시였고 한국 식당은커녕 중국 식당도 눈에 띄지 않았다. 너무 무료한 나머지 나는 잠시 런던에 다녀오기로 하였다. 런던은 정말 대도시답게 박물관, 미술관 등 볼거리가 많았다. 그러던 어느 날, 나는 한 성당 앞에서 길을 건너다가 차에 치이고 말았다. 우리나라와 달리 차량 통행로가 반대이기에 길을 건널 때에는 오른쪽을 먼저 보아야 하는데 (나중에야 발견했지만 길바닥에는 'Look Right(오른쪽을 보시오)'라고 쓰여 있다) 그것을 놓쳤던 것이다. 공중에 붕 떴다가 떨어지며 머리를 부딪친 탓에 한동안 기억을 잃었다. 코뼈와 앞니, 오른쪽 종아리뼈가 부러져 있었다. 영국 병원은 외국인도 무료지만 1차병원에서는 거의 치료를 해주지 않았다. 다행히 나는 중국계 의사를 만나 다리에 깁스는 할 수 있었다. 그리고 한 달간 예수회 본당에서 발을 쳐들고 누워 있어야 했다. 공교롭게도 본당의 이름이 성이냐시오성당이었다. 나는 회심 전 전투에서 다리가 부러졌던 예수회의 창립자 성 이냐시오 데 로욜라의 후예답게 몸으로도 성인의 삶을 추체험할 수 있었다. 갑갑한 나날이 계속되자 보다 못한 본당 신부님이 나를 차에 태우고는 바람을 쐬어주었다. 캔터베리대성당을 지나 화이트 클리프라는 바닷가까지 다녀왔다. 참으로 친절하신 분이셨다. 그때 그 신부님이 내게 하신 말씀이 잊히지 않는다. "네가 사고 당했을 때 누군가가 너를 위해 기도하고 있었던 게 틀림없다. 네가 죽지 않고 살아난 걸 보면." 그 이후로 나도 나를 위해 그리고 누군가를 위해 기도하기 시작하였다. 사실 처음 2주간은 머리도 아프고 다리도 움직일 수 없어 할 수 있는 게 기도뿐이었다.

로마로 돌아와 다시 학업을 지속했지만 사고 후유증 때문인지 몸무게가 두 달 사이에 10킬로그램이나 줄어들었다. 샤워를 할 때마다 살이 한 움큼씩 떨어져나가는 것이 느껴졌다. 나를 보는 사람마다 "죽지 않으려면 얼른 한국으로 돌아가라"고 하였다. 그러나 졸업을 1년 앞두고 여기서 그만둘 수는 없었다. 나는 원장 신부님께 여름방학 석 달간 요양을 해보고도 낫지 않으면 한국으로 돌아가겠다고 하였다. 그래서 나는 두 번째 여름방학을 이탈리아 관구 휴양소가 있는 보르미오로 갔다. 보르미오는 밀라노에서 기차로 4시간을 달려 종점까지 가서 다시 버스로 4시간을 달려야 도착하는 알프스의 산골 마을이었다. 주변에는 만년설이 덮인 3천 미터 이상의 고산들이 있었다. 학기 중에는 학생들이 휴양소를 사용했고, 여름방학에는 예수회원들이 2주간씩 휴가를 보냈으며, 겨울방학에는 스키 손님들이 머물렀다. 산 안쪽에는 여름 스키장도 있었다. 오히려 겨울에는 눈이 많이 쌓여 들어갈 수 없었다. 창밖을 보면 어떤 날은 한여름인데도 산에는 눈이 내리고 앞뜰에는 비가 내리는 신기한 동시 상영 장면이 연출되었다.

내가 처음 그곳에 도착했을 때는 공기가 너무 깨끗해서인지 오히려 숨 쉬기가 힘들었다. 게다가 동네에는 생수 공장도 있었다. 빙하가 녹은 물이 산 위에서부터 계곡물처럼 흘러내려갔다. 나는 아침을 먹으면 오전 내내 숲속을 거닐었다. 그때는 의식하지 못했지만 그것이 바로 삼림욕이었다. 그런 뒤에는 점심을 먹고 낮잠을 잤다. 오후에는 가볍게 독서를 하고 저녁을 먹은 뒤에는 텔레비전을 보거나 잡담을 하며 지냈다. 거의 모든 회원들이 2주씩 쉬다 갔지만, 나는 한 달을 예약하고 머물렀다. 한 달을 예약한 회원이 또 한 명 있었다. 그분은 이탈리아 예수회가 5개의 관구를 가지고 있었을 때 그중 한 관구장을 지냈다고 했다. 그분은 하루에도 몇 번씩 춤추듯 온몸을 비트는 발작을 하곤 했다. 특히 미사 시간에 그러면 상당히 분심(分心)이 들었다.

그곳에는 휴양소를 관리하며 식사를 준비해주는 부부가 있었다. 나는 남은 방학 두 달마저도 모두 예약해 석 달을 머무르는 장기 체류자였기에 그 부부와 친해졌다. 남편 렌조와는 일주일에 한 번씩 면세점이 있는 국경도시 리비뇨까지 같이 가서 식료품을 사왔다. 렌조는 요리 솜씨가 아주 좋아서 나는 보르미오에 있는 석 달 동안 처음으로 한국 음식을 떠올리지 않았다. 석 달이 지나서야 나는 어느 정도 몸이 회복되었음을 느꼈다. 맥주 한 컵만 마셔도 가슴이 뛰었는데 이제는 포도주를 마셔도 괜찮았다. 나는 자신 있게 로마로 돌아왔다. 깨끗한 물과 공기를 마시고 적당히 운동을 하며, 균형 잡힌 식사만 잘 지키면 약이나 치료가 없어도 어지간한 병은 자연 치유될 수 있다는 믿음이 생겼다.

1992년 4월 21일, 나는 예수회의 어머니 성당인 제수성당에서 부제품을 받았다. 부제품을 받으려면 '고해성사'를 듣기 위한 시험을 치러야 했다. 나는 처음으로 그 시험에 떨어졌다. 거기에는 사연이 있다. 그전에 치렀던 「교회법」 시험 때문이었다. 그때 담당 교수는 나중에 그레고리안대학 총장을 역임하신 기를란다 신부님이셨다. 시험 방식은 학생이 당신의 저서에서 임의로 어느 페이지를 펼친 뒤 거기에 나오는 내용에 대해 설명하는 것이었다. 하필 내가 펼친 페이지에는 'matrimonio rato e consumato(합법적으로 혼인식을 올리고 잠자리에서 성적 결합을 마친 혼인)'이란 주제어가 굵은 글자로 적혀 있었다. 나는 성교가 이루어졌다는 말을 이탈리아어로 말하기가 어렵고 쑥스럽기도 하여 양 손가락으로 성교를 표현하였다. 그러자 신부님의 얼굴이 갑자기 붉어졌다. 순간 나는 '떨어졌구나' 하는 생각이 들었다. 그러나 시험은 간신히 통과했다. 그런데 바로 그 신부님이 다시 고해성사 시험관으로 온 것이었다. 어려운 이탈리아어로 배배 꼬인 문제가 나를 기다리고 있었다. 의도적으로 떨어뜨리기 위한 문제였다. 결국 나는 그 함정에 걸려 떨어졌다. 문제는 얼마 후에 있을 부제품이었다. 시험에 통과하지 못했기에 부제품을 받을 수 없게 된 것이다. 새 원장으로 오신 호세 마리아 펠리우 신부님의 걱정도 이

만저만이 아니었다. 다행히 시험은 학교가 아니라 예수회 내에서 자체적으로 보는 것이었기에 재시험의 기회가 주어졌다. 원장 신부님 당신이 교회법 교수였기에 기를란다 신부님 대신에 직접 시험관으로 나서셨다. 바르셀로나 출신인 펠리우 신부님은 인도 푸나신학교에서 오랫동안 교회법 교수를 하시다 내가 졸업하던 해 제수신학원 원장으로 오셨던 분이었다. 교회법 학자였지만 참으로 성품이 따스한 분이셨다. 그분은 원장 임기를 마치고 다시 인도로 돌아가셨는데 아직도 살아 계신지 가끔 궁금하고 그립다.

부제품 주례는 아프리카 신학생들의 요청으로 나이지리아의 아린제 추기경이 맡았다. 그러나 우습게도 정작 아프리카 신학생들은 본국으로 돌아가 부제품을 받았다. 나는 추기경과의 문답에서 긴장했던 탓인지 "원합니다"와 "약속합니다"를 서로 바꿔 대답해 장내에서 커다란 웃음소리가 터져나왔다. 수품자는 14명이었으나 장내에는 수백 명이나 되는 사제들이 참석해 장관을 이루었다.

새 부제들은 제수성당에서 주일 미사 때마다 강론을 하였다. 사실 제수성당은 예수회 신부들의 강론을 들으러 신자들이 일부러 찾아오는 유명한 성당이다. 한번은 내가 배당 받은 어느 주 강론을 하고 퇴장하는데 신자석에서 "중국인이 이탈리아어로 강론을 하네"라는 소리가 들려왔다. 당시만 해도 유럽 사람들은 한국인을 거의 인식하지 못했다. 우리를 보면 누구나 맨 먼저 중국인이냐고 물었다. 그것은 우리가 서양 사람을 보고 다 미국인이라고 말하는 것과 같은 이치였다. 올림픽이 1988년에 서울에서 열렸지만 상황은 크게 다르지 않았다. 어떤 이발사는 내가 '코레아노'라고 하자 "박두익, 박두익" 하는 것이었다. 그때까지도 나는 박두익을 까맣게 몰랐다. 그는 1966년 영국 월드컵에서 이탈리아를 1:0으로 격파한 북한의 축구선수였다. 이탈리아인들이 기억하는 코레아노는 박두익뿐이었다.

서품을 받기 위한 신학과정(STB)을 마칠 무렵, 나는 일본대사관으로 가서 일본 종교(선교사) 비자를 신청하였다. 새 양성 책임자인 정일우 신부님과 상의하여 일본으로 가서 특수연학(미학)을 계속하기로 하였던 것이다. 비자가 속히 나오지 않아 2주 동안 바르셀로나를 다녀오기로 하였다. 펠리우 원장신부님도 자기 약이 바르셀로나 예수회 공동체에 있으니 좀 가져다달라고 하였다. 나중에 바르셀로나에서 물어보니 무슨 암 치료제인 것 같았다.

로마가 베르니니의 도시라면 바르셀로나는 가우디의 도시였다. 성가족성당(사그라다 파밀리아)을 보는 순간 나는 숨이 멎는 듯했다. 그것은 로마 시내에 있는 몇백 개의 성당을 합쳐놓은 것보다 더 성당다웠다. 바르셀로나 여기저기에 산재한 가우디의 작품을 보면서, 보통 예술가는 그림을 그리거나 조각을 하지만, 위대한 예술가는 도시를 작품으로 만든다는 생각이 들었다. 나는 성 이냐시오의 고향인 로욜라도 다녀오기 위해 버스를 타고 산골 마을을 달렸다. 지금 같으면 산티아고 데 콤포스텔라까지 도보 순례를 했겠지만……. 스페인어는 배워본 적이 없지만 이탈리아어가 그대로 통했다. 로욜라에서 마중 나온 한 신부님은 내게 일본어로 뭐라고 하셨다. 내가 이탈리아어로 한국 사람이라고 말하자 자기는 일본 선교사였다고 했다.

1992년 6월, 결국 나는 일본행 비자를 받지 못해 서울로 돌아왔다. 3년간 신학 과목을 무려 120학점이나 취득했지만 내가 가지고 돌아온 노트 두 권은 신학 필수 과목들이 아닌, 단지 선택으로 들었던 파이퍼 신부님의 「예수회와 바로크미술」(1991년 성 이냐시오 데 로욜라 탄신 500주년 기념 강좌) 그리고 얀센 신부님의 「초기 그리스도교 석관 미술」(부활과 승천) 두 과목뿐이었다.

나는 서울에서 비자 신청을 새로 하였고, 결국 비자는 석 달 뒤에야 나왔다. 그해 11월, 나는 처음으로 일본 땅을 밟았다.

# 도쿄의 한인 성당

나는 도쿄에 도착한 다음 주일날 처음으로 한인 성당에 갔다. 세키구치성당은 도쿄 대교구 주교좌 성당으로 보통 카테드랄(Cathedral)이라고 불리었다. 한인 성당은 사무실 하나를 얻어 쓰고 있는 형편이었지만 주일 12시 미사에는 500명가량의 신자들이 대성당 안을 꽉 채워 일본 신자들의 부러움을 샀다. 주임 신부님은 현재 의정부 교구장님이신 이기헌 주교님이셨다. 주교님은 노래를 좋아하셔서 가라오케(노래방)를 자주 가시곤 했다. 특히 일본 노래인 「유키구니(雪國)」를 아주 잘 부르셨다. 지금은 고인이 된 작곡가 길옥윤 씨와도 친하셔서 함께 음반을 내신 일도 있다. 또 월요일에는 우리 예수회 신학생들과 함께 테니스도 하시고, 하코네나 에노시마 등에 있는 온천에도 데려다주셨다. 당시는 버블경제시대여서 일본 사회 전체가 그런대로 씀씀이가 어렵지 않던 때였다. 그 성당에는 예수성심시녀회 수녀님들이 본당 수녀로 계셔서 무척 반가웠다. 수련기 병원 실습 때 P성모병원에서 이미 만난 가밀라, 로렌조 수녀님이 와 계셨다. 무엇보다도 사무장이자 식복사이신 스콜라스티카 자매님의 요리 솜씨가 좋아서 주일 미사 후 점심 식사가 항상 기다려졌다. 한번은 내가 부탁을 받아 서울에서 도쿄로 돌아오는 길에 개 뒷다리 하나를 가방에 넣고 온 일이 있다. 오는 내내 걸릴까 조마조마했지만 그때 자매님이 만들어준 보신탕은 정말 맛있었다.

성당 바로 앞에는 친잔소(椿山莊)라는 유명한 호텔이 있다. 내 이름과 순서가 뒤바뀐 것이었지만 커다란 간판이 처음 온 나를 환영해주는 것만 같아 반가웠다. 친잔소는 이름 그대로 동백꽃이 만발한 일본 정원이 있는 고급 호텔이다. 신자 몇 분과 정원 한쪽에 있는 경식당(輕食堂)에서, 나는 종업원에게 외국인등록증을 내보이며 농담으로 호텔 이름과 내 이름이 같으니 할인해줄 수 없느냐고 물었다. 그녀는 부장에게 가서 물어보고 오겠다고 하더니 안 된다고 하였다. 종이로 된 물잔 받침에 크게 춘(椿)자가 쓰여 있는 걸 보고는 그럼 이 잔 받침은 줄 수 있냐고 물었다. 그러자 다시 물어보겠다고 하더니 돌아와서는 내게 다섯 장을 건네주었다. 나는 지금도 그중 하나를 사용하고 있다.

나는 가끔 사인을 할 때 한자로 '金山椿'이라고 쓴다. 그러면 일본 사람들은 그것을 항상 가네야마 츠바키(金山 椿)라고 읽는다. 한자 위에 발음을 적어 넣는 후리가나를 기재하지 않으면 말이다. 무언가를 전화로 예약할 때도 '김산춘'이라고 하면 상대방은 잘 알아듣지 못한다. 그런데 '가네야마'라고 하면 즉시 통한다. 나는 왜 우리 재일 동포들이 본명을 놓아두고 통명(通名)을 따로 쓰는지 그 이유를 알 수 있었다.

처음 몇 달간 나는 가미샤쿠지신학원에서 머물렀다. 일본어학교는 아사히컬처센터였는데 신주쿠 스미토모 빌딩 25층에 있었다. 한번은 진도 4 정도 지진이 일어나 52층짜리 빌딩이 몹시 흔들렸다. 꼼짝없이 공중에서 죽겠구나 하는 생각이 들 정도로 무서웠다. 그러나 일본의 고층 빌딩은 가운데가 텅 비어 있는 내진 설계로 무너질 위험은 없다고 한다.

신학원까지는 세이부신주쿠선을 탔다. 차량은 모두 4종류나 되었다. 특급, 급행, 준급행, 각역(各驛). 교통비가 매우 비싸지만 정기권을 끊으면 할인이 많이 되었다. 세이부신주쿠 역에는 화교가 운영하는 중국집 '도쿄(東京)'가 있었는데, 덕분에 한국식 짜장면과 짬뽕도 먹을 수 있었다. 주인은 한국어, 중국어, 일본어, 영어로 4개국어를 하였다. 10월엔 창업일이 있다고 하여 700엔이 아니라 500엔을 받았다. 그래서 10월에 더 자주 갔던 기억이 난다.

도쿄는 대개 동네마다 작은 공원이 있고, 구마다 조금 더 큰 구립공원이 있고, 시내에는 아주 큰 요요기공원이나 우에노공원 같은 것이 있어서 산책하기가 무척 좋았다. 내가 지금 살고 있는 마포구는 그동안 아파트만 지었지 구립공원 같은 것이 없어서 불편했는데, 최근에 옛 철길을 주민들의 산책로로 만들어 그나마 숨통이 트였다. 일본 사람들은 대개 동네에서는 자전거를 타며 이동하는데 우리나라에도 최근에 자전거 붐이 불었다. 대략 20-30년 간격을 두고 일본을 따라가고 있는 듯한 느낌이 든다.

아사히컬처센터 수강생은 대부분 노인들이었다. 유화반이니 사진반이니 하는 실기반도 있지만 철학, 역사, 문학, 종교 등 인문학의 전문적인 강좌도 많았다. 일본인들은 어딘가 좀 학구적이라는 생각이 든다. 그래서 그런지 일본인들은 특히 서점에 깊은 애착을 갖는 듯해 보였다. 나도 한 달에 한 번은 진보초에 있는 고서점을 순례하였다. 특히 28권짜리 서양

미술전집을 몇 년에 걸쳐 모두 구입했는데 지금은 내 가보 1호이기도 하다. 지하철 안에서 만화를 보더라도 거의 모든 이들이 손에 책을 들고 있는 모습이 한국과는 퍽 대조적이었다.

신주쿠역에서 스미토모 빌딩이 있는 도청 방면의 지하도에는 많은 노숙인들이 있었다. 경제대국이라는 일본의 도심 한복판에 이처럼 노숙인들이 많다는 게 신기하였다. 아침 출근길인데도 대부분 골판지 상자로 집을 만들고, 신문지나 담요를 덮고 자고 있었다. 도쿄는 기온이 영하로 내려가는 일은 거의 없지만 한기에 뼈가 시리기도 하다. 그래서 추위를 잊기 위해 술들을 마시는지도 모르겠다.

나는 신학원으로 돌아오는 길목에 있는 떡집에서 거의 매일 콩을 박아 넣은 팥 찹쌀떡 마메다이후쿠를 하나씩 사서 먹고 녹차를 마셨다. 녹차를 마시는 습관이 붙은 것은 그때부터인 듯싶다. 또 딸기 케이크에는 홍차를 곁들여 마셨는데 간식을 챙겨 먹는 습관이 없었던 나는 이때부터 간식을 즐겨 먹게 되었다.

이듬해 봄 나는 고마바에 있는 예수회 자비에르하우스로 이사하였다. 자비에르하우스는 내가 만 7년을 산 집이다. 시부야에서 이노카시라선으로 두 정거장 거리인 그곳을 나는 주로 뒷길로 걸어다녔다. 집 뒤가 바로 도쿄대학교 교양학부 고마바 캠퍼스였다. 또 5분 거리에 있는 고마바공원 주위에는 근대문학관과 야나기 무네요시가 세운 민예관이 있어서 한국에서 온 손님들과 가끔 들르기도 하였다. 공동체의 원장은 아르헨티나 출신인 안솔레나 신부였다. 건축을 전공한 그분은 반년 이상 필리핀 등 가난한 나라에 가서 집을 짓느라 거의 부재 중이었다. 그래서 실제로 원장 역할은 미국인 수사님 브라더 디바인이 맡았다.

# 2부

# 그대를 벗이라고 불렀습니다

# 신혼 편지

**1993년 7월 5일**

마음으로는 어머니 곁에 앉아 계셨을 누님! 저는 다시 주님의 제단 앞에 엎드려 성가대의 성인 호칭 기도를 듣고 있었습니다.

"성 요한 저희를 위해 비소서……."

천상에 계신 성인 성녀 한 분 한 분께 이제는 다시 제가 일어나지 말고, 오직 그리스도께서만이 일어나시도록 빌었습니다. 엎드린 순간 저는 죽었기 때문입니다. 죽어버린 자가 어찌 다시 일어설 수 있겠습니까. 만일 제가 다시 일어선다면 그것은 "나를 사랑하시고 나를 위하여 당신 자신을 내어주신 하느님의 아드님에 대한 믿음(갈라 2,20)" 때문입니다.

니사의 그레고리우스는 "행복한 사람이란 하느님에 대해서 어떤 것을 아는 사람이 아니라, 하느님을 자신 안에 모시고 사는 사람이다"라고 말합니다. 누님, 제가 제 안에 저 자신을 모시지 않고 하느님을 모시고 살 수 있도록 기도해주십시오. 그레고리우스는 또 "예수님을 본 사람은 모든 것을 보았다"라고도 하였습니다. 그러니 이제 제가 또 무엇을 찾아다니겠습니까?

> 하늘나라는 밭에 묻혀 있는 보물에 비길 수 있다. 그 보물을 찾아낸 사람은 그것을 다시 묻어두고 기뻐하며 돌아가서 있는 것을 다 팔아 그 밭을 산다(마태 13,44).

누님, 보내주신 상본의 글귀가 무척 마음에 듭니다.

All that I have, all that I am, I offer to you to be transformed in thanks and praise.

**1993년 7월 6일**

누님, 오늘 새벽에는 동자동 분도병원에서 새 사제로서 첫 미사를 드렸습니다. 그 회 수녀님들이 만들어주신 제의를 입고 드리는 미사라 더욱 뜻깊었습니다. 함께 미사를 드리는 클라우디아 수녀님의 시 「은총의 사람들이여」의 한 부분을 강론에 인용하였습니다.

그대의 전 생애가
하느님께 바쳐지는
아름다운 첫 미사이길
(……)
무엇보다도 그대 곁에는 우리의 기도가
물 흐르고 있음을
항시 기억하십시오.

그렇습니다, 누님. 누님의 기도 또한 가르멜의 쇠 격자 안에 갇혀 있는 것이 아니라 항상 제 곁에서 물 흐르고 있습니다. 그래서 테레사 성녀께서도 "우리는 우리가 빌고 있는 것이 무엇인지 알고 있고, 또 끊임없이 비는 것이 중요하다"라고 말씀하셨나 봅니다.

저녁에는 엘리지오 신부님과 장충동의 한 호프집에서 만

났습니다. 신부님이 선배 사제로서 제게 일러준 말씀은 신부는 말 그대로 '아버지'라는 것이었습니다. 어제 첫 강복을 신자 여러분들에게 드리며 느꼈던 것이지만, 사제의 직무는 하느님의 자녀들을 위로하고 축복하는 일이 그 전부일 것입니다.

누님, 제가 인자한 아버지가 되도록, 늘 위로를 주며 축복해주는 아버지가 될 수 있도록 저를 위해 기도해주십시오.

### 1993년 7월 11일

오늘은 서교동성당에서 첫 미사를 드렸습니다. 원래는 양화진(절두산)성당이 제 본당이지만, 제가 예수회에 들어온 후 양화진성당은 서교동과 성산동으로 갈라져 나갔고, 절두산순교자기념관만 남았습니다. 제 교적은 그래서 서교동으로 옮겨갔고, 사목위원인 대부님의 주선으로 서교동에서 첫 미사를 드리게 된 것입니다.

주일 교중 미사라 많은 신자들로 북적였는데, 마침 영국에서 귀국한 김대중 선생도 미사에 오셨기에 미사 후 제의실에서 따로 그 아드님과 함께 첫 강복을 드렸습니다. 아주 온유한 미소를 가진 분이라서 어떻게 저런 분이 정치를 하셨나 하는 인상을 받았습니다.

**1993년 7월 13일**

오늘 오후에는 절두산기념관에 가서 미사를 드렸습니다. 그렇게 자주 다니던 절두산, 이제는 사제가 되어 미사 드리러 갑니다. 어렸을 때 검은 옷을 입은 한 신사가 담배를 피우는 모습을 보고 무슨 수상한 조직의 두목이 아닐까 하고 생각했었는데, 이제 제가 바로 그 수상한 사람이 되고 말았습니다. 세월이 한참 흐른 후 저는 이곳에서 세례를 받았고, 첫 영성체를 할 때 본당 수녀님의 말씀에 따라 한 가지 이루고 싶은 소원을 하느님께 여쭈었지요. 그것은 언젠가 사제가 되어 이곳에 다시 오게 해달라는 것이었고, 돌아온 후로는 죽을 때까지 이 동네를 위해서 일하다 죽게 해달라는 것이었습니다. 마침 성당 문도 활짝 열려 있었기에 저는 마을을 내려다보며 미사를 드렸지요. 저는 제가 태어나고 자란 이 마을을 향해 크게 십자성호를 그으며 축복을 하였습니다. 고등학생 때 읽었던 스탕달의 『적과 흑』에 나오는 한 소제목이 저를 사제로 만들었는지도 모릅니다. "본당 신부는 그 마을의 신이다."

**1993년 7월 15일**

오늘은 애화학교 방학식입니다. 교장 수녀님과 농아 아이들을 처음 만난 것은 10년 전 공간사랑에서였습니다. 저는 인형극을 취재하러 갔었고, 아이들은 구경하러 왔었죠. 미사 중

저의 말은 수화로 통역되었지만, 신자들의 응답 부분은 하느님만이 알아들으십니다. 정상적인 귀로는 알아들을 수 없는 이 아이들의 찬미는 하느님의 귀에는 두 배로 크게 들리고 하느님께서도 그만큼 두 배로 기뻐하실 것입니다.

**1993년 8월 9일**

5년 만에 막달레나 집에 갔습니다. 이전에 살던 집에서 길 건너편으로 이사한 것 말고도 변한 것이 있다면 이제는 더 이상 막달레나 자매가 보이지 않는다는 것입니다. 예전에 대낮인데도 소주를 마시며 횡설수설하시던 아주머니 한 분이 오늘은 차분한 모습으로 미사에 참석하고 계셔서 퍽 인상적이었습니다.

올해에는 후원회도 결성되었다고 합니다. 그런데 문 수녀님은 이렇게 말씀하십니다. "돈 걱정하지 마세요. 돈 많으면 머리 아파요." 문 수녀님 앞에서는 사실 돈이 머리가 아플 것입니다. 미사 후 작은 잔치도 있었는데요. 메뉴가 질긴 닭에서 돼지머리 편육으로 바뀐 것을 보고 정말 기뻤습니다.

**1993년 9월 21일**

오늘은 명동성당 상설 고백소에서 2시간 넘도록 고백을 들었습니다. 다음 주 월요일에 다시 일본으로 가야 하므로 돌아오는 길에 백화점 구경을 하였지요. 종업원들이 모두 한복을 곱게 차려입은 채 손님을 맞이하고, 또 포장된 물건들이 잔뜩 쌓여 있어 무슨 일인가 했더니 다음 주가 추석이었습니다. 근래 몇 년간 외국에 있었기에 추석 대목 분위기를 잊어버렸던 것입니다.

전철 안에서 작년에 누님이 주셨던 브루스 마샬의 『누구에게나 한 데나리온을』을 다 읽었습니다. 마지막 페이지를 넘기며 저도 가스통 신부처럼 행복하다는 것을 느꼈습니다.

> 더위와 그날에 주어진 일을 견뎌낸 사람이나 그렇지 않은 사람이나 포도원에서 일한 모든 일꾼이 한결같이 한 데나리온씩을 받았다. 왜? 그건 하고많은 세상살이가 그 자체로 벌을 안고 있는 것처럼, 하고많은 일 그 자체가 곧 그 일에 대한 보상이기 때문이라고 그는 생각했다. 가스통 신부는 문득 자신이 사제로서 매우 행복하다는 것을 깨달았다.[7]

# 데레사 말가리다* 수녀님 영전에

보름달이 뜨면 오십시오 큰누님

따사로운 가을 햇살 담뿍 모아두었다가

눈부시게 환한 보름날

* 사제가 되기 전부터 나를 위해 기도해주시던 밀양 가르멜수녀원의 데레사 말가리다(이인숙) 수녀님은 지난 2017년 11월 18일에 선종하셨다. 이해인 수녀님의 언니이기도 한 데레사 말가리다 수녀님은 언제나 보름달처럼 환한 표정의 수도자셨다.

둥근 보름달이 되어 오십시오 큰누님

막내는 내년 회갑을 앞두고 있지만
큰누님은 이미 수도 생활 회갑을 맞으셨으니
가르멜의 담장이 아무리 높다 하더라도
보름달처럼 두둥실 오십시오 큰누님

한평생 기다리던 천국은 참으로 아름답다고
헤어졌던 아버지의 품은 한없이 자비롭다고
보름달처럼 하늘나라 전화로 말해주십시오 큰누님
나를 위해 울지 말고 너 자신을 위해 웃으라고

1993년 7월 5일 성 김대건 안드레아 대축일에 나는 새로 지은 서강대학교 성이냐시오성당에서 김수환 추기경님의 주례로 사제품을 받았다. 추기경님께서는 여느 때와 다름없이 미소와 유머로 모두에게 기쁨과 위로를 주셨다. 사제로서 혼자 주례한 첫 미사는 동자동 분도병원 수녀원 경당이었다. 항상 오전 6시경 미사를 드리고 돌아오면 다시 자곤 했는데, 깨어나면 오늘 갔다 온 건지 어제 갔다 온 건지 헷갈렸다. 이제는 병원이 문을 닫아 서강대 사제관의 신부들이 분도병원으로 미사를 드리러 가지 않게 되었고, 따라서 성탄 때마다 보내주던 수녀원의 별(☆)과자도 맛볼 수 없게 되어 조금은 섭섭했다.

나의 본당 첫 미사는 서교동성당이었다. 원래 나의 본당은 양화진(절두산)성당이었지만 본당이 서교동과 성산동으로 갈라져 나간 뒤로는 내 교적이 서교동에 가 있었다. 김몽은 신부님이 계실 때 홍대 정문 앞에 아담하게 지은 서교동성당은 한복을 입고 있는 아기 예수 스테인드글라스 덕분에 더욱 정겨웠다. 내가 예수회에 입회한 후에 지은 성당이라 실제로 그곳에서 신자 생활을 한 적은 없지만, 사목위원인 대부님의 주선으로 첫 미사를 서교동에서 하게 된 것이다.

첫 미사에는 가톨릭 신자도 아니시지만 중학교 때의 김규화 선생님, 홍대 시절의 임범재 교수님이 오셨고, 성공회에서 가톨릭으로 오신 고등학교 2학년 때의 담임 유근주 선생님도 오셨다. 그분들은 제자가 천주교 사제가 된 것을 누구보다도 기뻐해주셨다. 그날 미사에는 나중에 대통령이 되신 김대중 선생도 우연히 참석하셨다. 당시 그분은 대선에서 고배를 마신 후 정계에서 은퇴해 영국으로 1년간 가 체류하고서 바로 며칠 전에 다시 귀국해 자신의 본당인 서교동 주일 미사에 오신 것이었다. 미사 후 박홍 신부님의 권유로 그분은 아드님과 함께 제의실로 오셔서 새 사제의 강복을 받았다. 나는 강복을 하며 속으로 “다음번에는 대통령이 되십시오”라고 했는데 정말 몇 해 후 그분은 대통령이 되셨다. 두 분의 인상이 정치가답지 않게 상당히 품위가 있고 온화했다. 그래서 따르는 사람들도 많은가 보다 싶었다.

# 디바인 수사님

1995년 나는 도쿄에서 안면 경련 수술을 받았다. 오른쪽 눈가 떨림이 멈추지 않아 집중할 수가 없었기 때문이다. 교통사고로 머리를 부딪친 적이 있는지라 그 후유증인가 싶어서 일단 동네에 있는 대학병원에 가서 진찰을 받았다. 그곳에서는 내게 아키하바라에 있는 메이지기념병원으로 가보라고 했다. 그 병원에 가보니 같은 병을 앓는 사람들이 많았다. 나와 다른 점이 있다면 그들은 모두 안면 통증을 앓고 있다는 것이었다. 나는 1월에 뇌신경외과에서 수술을 받았다. 일본에서 수술을 받은 것은 다른 이유에서가 아니라 수술비가 우리나라보다 쌌기 때문이었다. 특히 고액 진료인 경우 의료보험을 통해 진료비가 거의 되돌아왔다. 수술은 귀 뒤쪽을 째고 들어가 뇌혈관을 누르고 있는 삼차신경을 분리시키는 것이었다. 2주 정도 입원하던 중 하루는 지하철 사린가스 테러가 터져서 환자들이 대거 실려와 병원 복도까지도 시장처럼 소란했다. 그리고 도쿄에서 일어날지도 모른다던 대지진이 생각지도 않던 고베에서 발생해 밖은 정말 어수선했다. 그런데 설상가상으로 나는 퇴원 후 이발소에 가서 머리를 감았다가 수술 부위가 감염되어 재수술을 해야 한다는 의사의 진단을 받았다. 다리가 후들거렸다. 꼼짝없이 다시 2주간을 누워 있어야만 했다. 이러다가 공부고 뭐고 그냥 귀국하게 되는 것 아닌가 싶었다. 한 달간 입원해 있는 동안 뜻밖에도 많은 미국인 예수회원들이 병문안을 왔다. 공동체 당가(當家)로서 매일 병실에 들른 디바인 수사님이 연락한 것이겠지만, 같은 공동체도 아닌데 유독 미국 회원들만이 병문안을 온 것이 한편으로는 고맙기도 해서 미국이라는 나라를 다시 생각하게 되었다.

디바인 수사님은 조치대학교 비교문화학부의 역사 교수였다. 비교문화학부는 요츠야가 아니라 이치가야에 따로 떨어져 있었으며, 모든 수업을 영어로 하였다. (지금은 요츠야로 이전

했고 이름도 국제교양학부로 바뀌었다.) 수사님은 원래 캘리포니아 관구(管區) 출신이었다. 그분이 왜 사제가 되지 않고 평수사로 남았는지 처음에는 무척 궁금했으나 같이 살면서 차차 느낀 바가 있다. 그분은 대중 앞에서는 몹시 부끄럼을 탔던 것이다. 예전에는 예수회에서 평수사가 하는 일이 제한되어 있었다. 주방에서 음식을 하거나, 목공소에서 가구를 만들거나, 병자들을 간호하는 일 등이었다. 그래서 그런지 수사님은 주방 아주머니가 오지 않는 주일에는 본인이 직접 음식을 만들었다. 그런 날 우리들은 설거지를 하느라 죽어났다. 먹은 것도 별로 없는데 그릇만이 산더미처럼 쌓여 있었기 때문이다. 그래도 미국 독립기념일이나 추수감사절에는 내셔널이라는 미국 식품점에서 칠면조나 양갈비를 직접 사다가 오븐에 구워주었는데 맛이 꽤 괜찮았다.

또 수사님은 수업이 없는 날은 뒤뜰에서 이런저런 성당용 가구들을 만들어 필요한 수도원에 가져다주었다. (나중에는 조각에도 취미를 들여 국전에 출품하여 입선까지 하였다고 한다.) 수사님은 처음에는 관구 본부에서 회계 일을 돕다가 미국 회원들의 도움으로 야간에 대학원을 다녔고, 석사학위를 취득한 후에는 비교문화학부의 교수가 되었다고 했다. 하여간 나는 관대했던 디바인 수사님의 도움으로 7년간 고마바 공동체에서 별 불편 없이 지낼 수 있었던 것을 지금도 크게 감사드리고 있다.

수술한 그해 여름, 나는 처음으로 미국이란 나라를 가보게 되었다. 시애틀-타코마 한인 성당 주임 신부님이 한 달간 휴가를 가시는 동안 성당 미사를 드려주기로 한 것이다. 어차피 도쿄의 여름은 너무도 더워 피서를 가야 했다. 나는 고마바 공동체 2층에 살았는데 에어컨이 없어서 7월 1일만 되면 머리 회전이 자동으로 멈추었다. 조금은 더위가 덜한 1층에 사는 한 스페인 신부가 청빈을 내세우며 에어컨을 들여놓지 못하게 하여 그리된 것이다. 그러나 여름 도쿄에서 마누라 없이는 살 수 있어도 에어컨 없이는 살 수 없다는 것을 도쿄 도민들은 다 알아줄 것이다.

나는 미국 비자를 신청하러 대사관으로 갔다. 어떻게 된 일인지 줄 선 사람이 하나도 없었다. 웬일인가 싶어 문 앞으로 갔더니 여권을 우편으로 보내라는 안내문이 있었다. 불안한 마음으로 등기 발송했더니 정확히 일주일 만에 비자가 찍힌 여권이 우편으로 되돌아왔다. 너무 기계적이어서 좀 싱겁다는 생각이 들었다.

타코마에서는 본당 수녀님인 인보성체회 헬가 수녀님과 파트리시아 자매 덕분에 즐거운 시간을 보냈다. 하이라이트는 휴가로 캐나다 로키 마운틴인 밴프-재스퍼를 다녀온 것이었다. 우리는 밴쿠버에서 인천교구 강 신부님과 정비업을 하는 한 형제와 합류하여 밴프로 갔다. 유럽의 알프스와는 또 다른 자연의 숭고함이 느껴졌다. 그리고 예전에 그 웅장한 산과 벌판을 질주하던 늠름한 인디언들의 모습이 상상되었다. 우리는 매일 텐트를 치고 걷고 식사를 준비하는 수고를 감수해야 했지만 야영장 시설이 매우 완벽하여 그리 불편하지 않았다. 밴프에서 재스퍼로 가는 길목마다 펼쳐진 그 놀라운 풍경은 수술로 허약해진 나의 심신을 깨끗이 치유해주었다.

# 클라우스 리젠후버 신부님

도쿄 조치대학에 계신 은사 클라우스 리젠후버 신부님으로부터 기쁜 소식이 전해졌다. 그분이 소장으로 계시는 '중세사상연구소'에서 번역 감수한 『중세사상원전집성(中世思想原典集成)』이 '일본번역출판문화상'을 받게 되었다는 소식이었다. 2002년 9월 17일, 11년여 만에 전권 20권을 완간한 직후 일본의 거의 모든 신문이 이 쾌거를 전하고 있었기에 크게 놀랄 일도 아니었다. 그러나 내게는 독일 출신의 한 예수회 신부가 자신의 모든 정력을 쏟아, 일본이라는 지극히 비그리스도교적인 국가에서 서양조차도 제대로 해내지 못한 일을 완수하였다는 사실이 형언할 수 없는 감동으로 다가왔다.

일본 유수의 출판사 헤이본사에서 1992년 2월부터 간행한 이 총서는 2세기 고대 그리스도교의 교부시대부터 17세기의 근세 초기에 이르기까지 1500년간에 걸친 중세사상의 발전을 그 원전으로부터 번역한 엄청난 대사업이었다. 이를 위해 각 시대의 저자 226명의 주요 저작 335편을 번역하고자 전문가 168명을 동원했다.

각 권 평균 900여 쪽, 전권 1만 8천 쪽에 달하는 이 방대한 총서는 일본 초역일 뿐만 아니라 유럽 근대어로도 아직 번역되지 않은 '세계 초역'을 90편이나 담고 있다. 원전은 그리스어와 라틴어가 90퍼센트를 차지하지만, 그 밖에도 아랍어, 옛 영어, 옛 프랑스어, 옛 독일어, 옛 이탈리아어, 옛 네덜란드어 등이 있다. 바로 그 전문학자들을 찾는 것이 가장 큰 일이라고 여겨졌지만, 참으로 놀랍게도 거기에는 반드시 젊은 연구자가 있었다.

중세는 흔히 암흑시대라고 교과서에서 획일적으로 가르치고 있지만 철학, 신학, 신비 사상, 교육론, 자연학, 언어론 등 현대 유럽의 정신적 기초를 다진 것은 인간과 자연, 인간과 인간, 인간과 신과의 관계가 그지없이 풍요로웠던 중세라는 세계였다. 출판사의 책임 편집자는 "좋은 책은 반드시 팔린다는 것을 믿고 있었다. 그래서 장정과 조판도 전문 서적이 아닌 일반 서적 형태로 제작하였다"고 말한다.

흥미로운 것은, 국내의 한 출판사가 이 일본판 『중세사상원전집성』을 우리말로 옮기려고 헤이본사와 임시 계약을 맺었다는 사실이다. 그리고 나를 그 번역 책임자로 선정한 사실이 판권을 소유하고 있는 중세사상연구소에도 알려졌다. 그 사실을 안 리젠후버 신부님은 나에게 모든 지원을 아끼지 않겠다는 약속까지 하셨다. 그러나 그 이후 이 우리말 번역 사업은 전혀 진척되고 있지 않다. 국내 출판사가 중역이라도 해보겠다는 야심만만한 계획을 세워보았지만, 세간에서 왜 하필이면 일본어냐는 비아냥거림이 들려왔는지도 모른다. 아니면 그 방대한 분량을 무모하게 출판해보았자 큰 손해만 볼 것이라는 경제적 우려도 있었을 것이다.

이제 나는 한국 교회가 이 출판 사업을 위해 적극적으로 나서야 할 때라고 본다. 우선은 이 사업을 위해 대학의 연구소가 그 중심이 되어야 할 것이다. 그러나 현재 우리나라 가톨릭계 대학들은 그럴 형편이 못 된다. 가톨릭대학교의 '중세사상연구소'나 서강대학교의 '그리스도교문화연구소'와 같은 기본적인 연구 기관이 없기 때문이다. 그리고 무엇보다도 그리스도교 고전을 번역할 수 있는 전문가들이 턱없이 부족한 게 오늘의 현실이다.

불교는 이미 1962년부터 한글대장경 간행 사업을 추진하기로 결의하였다. 1964년 동국대학교에 부설 '동국역경원'을 설치해 1965년부터 매년 8권씩 간행하여 2001년까지 36년간 모두 318권을 펴냈고, 한글대장경의 전산화 사업을 위해 문화부로부터 10년간 40억을 지원받아 2010년까지 이를 완성할 계획이라고 한다.

번역 책임자였던 운허 스님은 평소 "해인사에 8만 4천 장이나 되는 보물이 쌓여 있지만 한문으로 되어 있어 일반 대중에게는 나무토막에 불과하니, 그것을 대중에게 좀 더 가까이 가져다주어 무가보(無價寶)의 구실을 하도록 만들고 싶다"고 말하였다고 한다.

교회에서도 21세기는 영성과 문화의 세기라고 말들은 하지만, 현대 사회의 영성은 날이 갈수록 그 깊이가 사라지고 문화는 그 유치한 속도만을 자랑하고 있다. 16세기 초 종교개혁으로 인해 교회가 분열을 피할 수 없게 되었을 때, 혹시 에라스무스의 인문주의적 개혁 프로그램이 교회에 의해 받아들여졌다면 그 분열을 막을 수도 있었을 것이라고 한스 큉은 말한다. 그로부터 다시 500년이 지난 21세기 초, 제2의 종교개혁 전야와도 같은 오늘날, 그리스도교 고전의 번역 사업은 한국 교회라는 방주의 자기 침몰을 막는 최선의 개혁 프로그램이

아닐까 하는 생각이 든다.[8]

나는 이마미치 도모노부 선생님의 말씀대로 미학으로 먼 길을 가기 위해서 철학을 공부하기로 하였다. 그래서 미학과로 가려던 계획을 접고 우리 예수회 대학인 조치대 철학연구과(조치대에서는 학부는 그냥 철학과, 대학원은 철학연구과라 부른다) 박사과정에 진학하였다. 그리고 독일분이신 클라우스 리젠후버 신부님께 지도를 부탁드렸다.

리젠후버 신부님은 당시 명실공히 서양 중세철학의 일인자로서 중세사상연구소 소장을 겸하고 계셨다. 연구소에서는 각 권 900여 쪽에 달하는 20권짜리 『중세사상원전집성』이 간행되었다. 그것은 실로 대단한 업적이었다. 거기에 실린 300여 편 가운데 90편가량은 그리스어, 라틴어 원전에서 현대 서양어로도 번역된 일이 없는 세계 초역이었다. 특히 중세 이슬람철학은 아랍어에서, 독일 신비주의는 중세 독일어에서 번역된 것이다. 나는 6학기에 걸친 그리스도교 사상사 수업을 통해 대략 그 전모를 살펴볼 수 있었다. 대학원 수업은 독일과 일본에서 동시 간행 중인 하이데거 전집을 읽었다. 『철학에의 기여』는 아직 일본어판이 나오지 않았지만 원생들이 한 장씩

맡아서 발표하였다. 수업에는 다른 학교 원생들도 참여하고 있었다.

내가 철학연구과에 입학하던 해에 고대 그리스철학을 담당하시던 가토 신로 교수님이 퇴직하셔서 참으로 아쉬웠다. 예전에 홍대 미학과에 입학했을 때에도 고대미학사를 강의하시던 조요한 교수님이 군사 정권에 의해 해직 교수가 되시어 강의가 취소된 일이 있어서 안타까웠는데, 이번에도 한발 늦은 것이다. 가토 교수님은 도립대학에서 정년퇴직하시고 조치대로 초빙되어 오셨다가 70세 정년이 되어 조치에서도 그만두시게 되었다. 다행히 교수님의 마지막 강의(우리나라의 고별 강의)를 들을 수 있었다. 제목은 "철학의 현장으로서의 정치"였다. 플라톤 전공자다운 강의 제목이었다.

이 밖에도 기억나는 강의는 규슈대의 토미스트 이나가키 료스케 교수님의 "토마스 아퀴나스의 『신학대전』", 그리고 도쿄대의 칸트학자 사카베 메구미 교수님의 "유럽 정신사 입문" 등이 있다. 일본은 '집중 강의'라는 아주 좋은 제도가 있어서 학기 말에 2주간 다른 대학의 훌륭하신 교수님을 초빙해 한 학기분의 강의를 듣는다. 우리나라의 대학들이 섬처럼 고립되어 있는 것과는 대조적으로 일본 대학들은 활짝 열려 있어 서로 자극을 주고받을 수 있는 것이다.

2000년경까지 일본 대학의 문학부는 박사학위를 거의 주지 않았고, 학생들도 받을 생각조차 하지 않았으며, 교수들 자신도 박사학위 소지자가 드물었다. 바로 이 점이 유학생들에게는 큰 문제가 되었다. 본국으로 학위 없이 귀국한다는 것은 미래를 포기하는 것과 다름없기 때문이다. 그래서 2000년 이후로는 문부성에서 학위를 수여하도록 대학에 강제하기 시작하였다.

나도 박사과정을 마쳤지만 학위와는 무관하였다. 조치대 교무과에서는 나에게 만기퇴학원(滿期退學願)을 내라고 하였다. 일본 학자들 학력에는 그래서 '만기퇴학'이라는 말이 많이 나온다. 우리 식으로는 박사과정 수료라는 의미인 셈이다. 한편 일본에서 수료(修了)라는 말은 학위를 받은 것을 가리킨다. 나는 졸업장이 필요했기에 리젠후버 신부님에게 교황청립 대학에서만 수여하는 철학교수자격증(Licentiatus)을 요청하였다. 다행히 조치대는 교회 철학부가 설치되어 있었다. 그것만 있으면 어느 가톨릭계 대학교에서든 가르칠 수 있으리라고 믿었다. 그래서 소논문을 제출하고 구두시험을 보았다. 심사위원은 3명으로 리젠후버 신부님과 철학과의 다른 두 교수인 미국인, 일본인 예수회원이었다. 공교롭게도 세 사람 모두 뮌헨대학교 출신이었다. 한 사람이 30분씩 꼬박 1시간 30분 동안 질문을 이어갔다. 끝나고 나서 나는 라틴어로 된 조그만 증명서 하나를 받았고, 이것으로 일본 유학 생활의 종지부를 찍었다.

2000년 2월, 그렇게 나는 7년간의 일본 생활을 마치고 귀국하였다. 새로운 밀레니엄인 21세기를 맞아 우리나라에서 새 출발을 하고 싶었다.

# 이마미치 도모노부 선생님

1992년 겨울 나는 일본 도쿄 정치 중심가인 나가타초에 있는 한 빌딩 지하에서 철학자 이마미치 도모노부 선생님을 만났다. 지금 돌이켜 보면 일본 유학을 떠난 것은 순전히 선생님을 만나기 위함이 아니었을까 싶을 정도로 운명적이었다는 생각이 든다. 나는 선생님에게서 처음으로 애지자(愛智者, philosopher)의 모습을 발견할 수 있었다.

2000년 1월, 나는 귀국을 앞두고 선생님을 마지막으로 뵈러갔다. 처음 뵈었을 때와 마찬가지로 빌딩 지하 2층에 있는 선생님의 연구소 '철학·미학비교연구국제센터'라는 곳에서였다. 선생님께서 지하에 연구소를 정한 것은 임대료가 싸고, 조용하며, 비교적 교통이 편리한 지하철역 옆이라는 이점 때문이었으리라는 생각이 들지만, 선생님께서는 늘 웃으시며 "나는 지금 정치에 맞서 지하에서 철학적으로 저항운동을 하는 중이다"라고 하셨다. 하긴 플라톤 연구가인 가토 신로 교수도 "철학의 현장은 정치다"라고 말한 바가 있다.

선생님은 인사차 들른 나에게 예와 다름없이 "우리 식사하러 가기 전에 잠시 공부하자"고 하셨다. 그러고는 굵은 만년필로 대학 노트 7장에 쓰신 원고를 한 부 복사하여 내미셨다. 기막히게도 그 원고 첫머리에는 "김산춘 신부 송별회를 위한 세미나 : 페르소나 – 참가 – 공동체 – 현실"이라는 문장이 불어 – 일어 대역으로 적혀 있었다. 간단히 식사와 함께 담소나 나누고 일어나려던 나는 선생님의 애정 어린 고별 강의를 존경과 감사의 정으로 경청하지 않을 수 없었다. 그 내용의 한 대목은 이러하다.

> 하이데거에 있어서 죽음은 근원적인 테마로서, '죽음에로의 존재(das Sein zum Tode)'로서의 현존재(Dasein)의 실존적 불안(Sorge, Unruhe)이 그 문제였던 데에 대해서, 즉 육신의 죽

음이 물음이었던 데에 대해서, 마르셀에게 있어서는 절망 (desespoir)이라고 하는 하느님과의 절연이 물음이었다. 단테가 지옥문에서 "여기에 들어오는 자 모두 일체의 희망을 버릴지어다(Lasciate ogni speranza, voi che entrate)"라고 말한 바 있지만, 그는 소크라테스가 철학의 정의를 '영혼의 돌봄 (epimeleia tes psyches)'이라고 했듯이, 아직은 절망에 이르지 않은 영혼의 돌봄을 묻고 있었던 것이다.

이 한 대목에서도 알 수 있듯이 선생님은 서양의 사상과 문화 전체를 꿰뚫어 사유하는 철학자였다.* 선생님은 가끔 가브리엘 마르셀의 생전 모습을 회상하며 한 가지 일화를 말씀하셨다. 마르셀은 엘리베이터가 없는 낡은 아파트에 살았다고 한다. 그 아파트 계단 2층에는 의자가 하나 놓여 있었는데 마르셀은 계단을 오르다 숨이 차면 그 의자에 앉곤 하였다. 마르셀은 자기가 받은 인세의 일부를 출판사에 되돌려주어 그 몫으로 이름 없는 젊은 철학자들의 저서를 내주었다고 한다. 그래서 프랑스는 전시(戰時) 중에도 중단 없이 철학 서적이 출판되었다는 것이다. 마르셀의 방에는 매주 10명 남짓 지인들이

* 선생님은 2003년 『단테 신곡 강의』라는 책을 내셨다. 50년에 걸쳐 매주 토요일 저녁마다 『신곡』을 원어인 이탈리아어로 읽고 연구하셨던 것을 모리나가 제과의 엔젤 재단에서의 강의를 통해 총 정리하신 뒤 출간하셨다.

모여 철학적 담화를 나누었다고 한다. 이른바 '철학 카페'였던 셈이다.

또 선생님의 철학적 회고집 『지혜의 빛을 찾아서』에도 자세히 나오는 이야기지만, 선생님께서 특히 유학생들에게 큰 관심을 기울였던 것은 독일에서의 체험 때문인 듯싶다. 정식으로 취직이 되기 전, 하루 끼니를 도서관에서 빵 하나와 커피 한 잔으로 때울 때 한 독일인 친구가 책을 빌려주며 그 안에 300마르크를 넣어둔 일이 있었다. 메모에는 "먼저 살자. 그러고 나서 철학을 하자. 돈은 언제 갚아도 좋다"라고 적혀 있었다고 한다. 선생님은 내가 점심에 늘 국수를 사먹는다고 하자, 언제든지 자기 집에 들러서 점심을 먹고 가라고 하셨다.

무엇보다도 선생과의 만남에서 잊을 수 없는 것은 선생의 초대로 '에코에티카 국제 심포지엄'에 몇 년간 참석했던 일이다. 1981년부터 시작된 그 모임은 참으로 힘들고도 즐거웠다. 대략 일본인 7명, 동양인 2명, 서양인 6명을 중심축으로 하여 초대 손님 5명을 더해 정원 20명으로 이루어지는 심포지엄이었다. 5박 6일 동안 비와코 호반에 있는 도요방적회사 별장 구제소(求是莊)에서 열린 심포지엄은 아침 9시부터 오후 5시까지 도시락을 먹으며 통역 없이 영어, 독어, 불어만으로 발표와 토론을 하는 강행군의 스케줄이었다. 호텔로 돌아오면 녹초가 되었지만 모두 밤늦도록 술잔을 기울이며 친목을 도모하였다.

한국에서는 독일 유학 시절부터 선생과 절친한 역사학자 고병익 교수와 이미 작고한 미학자 백기수 교수를 대신하여 불문학자 정명환 교수가 참석하였다. 나도 선생의 소개로 플라톤 연구가인 가토 신로, 토마스 아퀴나스 연구가인 이나가키 료스케, 칸트 연구가인 사카베 메구미, 하이데거 연구가인 츠지무라 고이치 교수 등 일본을 대표하는 철학자들과 만날 수 있었다. 그리고 벨기에 루뱅대학의 장 라드리에르, 독일 본대학의 요셉 시몬, 로마대학의 마르코 올리베티, 캐나다 오타와대학의 피터 맥코믹 교수 등과도 친분을 쌓게 되었다.

이미 아흔을 넘긴 도요방적회사의 다니구치 회장은 축하연회에 참석하여 영어로 환영사를 하였다. 한 뜻있는 기업가의 도움으로 이 철학 국제심포지엄은 거의 20년 동안 지속되었다. 한 기업가가 이토록 학문 세계에 기여하고 있다는 사실이 너무나도 부러웠다. 그래서인지 선생님은 늘 답사를 하다가 격한 감사의 정을 억누르지 못하고 울먹거려 장내를 숙연케 하셨다. 기업가와 학자들 사이에 이보다 더 아름다운 우정이 세상천지에 또 어디 있을까 싶었다.

선생님은 참으로 독창적인 철학자였다. 남의 사상을 전달하는 철학 교수가 아니라, 자기가 깊이 생각한 것을 함께 나누는 철학자였다. 그리하여 이마미치 철학이 탄생하였다. 특히 기술 사회의 새로운 윤리학인 『에코 에티카』(정명환 역)와 도시의 철학인 「우르바니카」는 현대에 꼭 필요한 학문의 영역으로 자리 잡아 가고 있다.

재미있는 점은 선생님이 시인이자 화가이자 작곡가이기도 하다는 사실이다. 출판사를 하는 한 제자가 매년 선생님의 생일을 기해 25부 정도 한정 출판해주는 성냥갑만 한 작은 시집을 친밀한 지인들에게 선물하는 것이다. 그 시집에 있는 삽화들도 예사롭지가 않다. 내가 일본어를 처음 배우기 시작했을 때 선생님이 하신 말씀이 생각난다. "어느 나라 말이든 그 나라 말에는 인간의 시와 철학이 있다. 정서와 논리가 담겨 있다는 말이다. 우리는 그것을 외국어라고 여기기 전에 한 인간의 언어라고 생각해야 한다." 선생님은 이미 팔순을 넘기고 계시지만 아직도 세계 도처에서 열리는 각종 학술회의에 끊임없이 지혜의 빛을 나르고 계시다.[9]

사람은 가족과 마찬가지로 자신의 힘으로는 어쩔 수 없는 인연들을 맺으며 이 세상을 살아간다. 이마미치 도모노부 선생님은 내게 그러한 인연 가운데 한 분이다. 나는 책을 통해 그 분이 미학자라는 사실은 알고 있었으나 개인적인 부분은 전혀 모르고 있었다. 우연히 도쿄대 법대를 나온 한 일본인 신학생과 이야기를 나누다가 내가 그분을 만나보고 싶다고 하자 그 신학생은 그 자리에서 나 대신 선생님께 전화를 걸어 약속을 잡아주었다. 그 신학생은 그 후 미국으로 신학 공부를 하러갔다가 예수회를 그만두었다. 그래서인지 더더욱 그를 통한 선생님과의 인연이 섭리처럼 느껴진다.

선생님은 조치대가 있는 요츠야에서 그리 멀지 않은 나가타초에 사무실을 가지고 계셨기에 나는 거기까지 금방 걸어갈 수 있었다. 내가 예수회원이고 지금 예수회의 부제(副祭)라고 하자, 선생님은 자신도 가톨릭 신자라고 하셨다. 사실 나중에 선생님의 글을 보니, 도미니코회 수련 수사이기도 하셨다. 또 바오로딸회 소속 수녀님이신 여동생도 계셨다. 그런데 일본인 첫 부인과 이혼을 하고 독일 여성과 재혼하는 바람에 일본 교회로부터 따돌림을 당하신 것 같았다. 선생의 『사랑에 관하여』라는 책에 있는 "서로의 사랑이 더 이상 성장하지 못하는 관계는 그만두는 게 낫다"라는 구절은 아마도 선생님 본인의 이야기인 듯싶었다. 또한 나중에는 화해를 했지만 당시에는 도쿄대 미학과의 당신 제자들과 관계가 소원해서 일본 미학회에도 나가지 않으셨다. 대신 선생님은 여러 국제학회를 통해 세계의 저명한 철학자들과 깊이 교류하셨다.

2000년과 2001년 여름, 나는 두 차례에 걸쳐 일본 아마가사키에 있는 에이치대학교 여름 신학 강좌에 초청을 받아 특강을 하였다. 에이치대는 오사카 교구가 설립·운영하는 대학이었다. 이마미치 선생님은 기시 학장 신부님의 초빙으로 대학원장을 맡고 계셨는데 팔순이 내일모레인 고령이신데도 매주 도쿄에서 신칸센을 타고 출강하셨다. 이마미치 선생님이 대학원장을 맡으신 것은 다른 이유에서가 아니라 박사과정을 열기 위함이었던 것 같다. 그래서 3년 뒤에는 정말로 첫 '과정 박사'들이 배출되었다. 일본에는 이러한 정규 과정을 수료한 박사 외에도 전통적으로 '논문 박사'라는 제도가 있다. 사실 2000년 무렵까지만 해도 인문계에 과정 박사는 거의 없었고 간혹 논문 박사만 수여되었다. 조치대 철학연구과에서도 그 무렵 처음으로 일본인 졸업생이 논문 박사를 받았다. 그는 졸업한 지는 오래되었고, 이미 나라 텐리대 교수였다. 그 학위는 그의 지도교수였던 아름부르스터 신부님이 70세가 되어 정년 퇴임하면서 고국인 체코로 영구 귀국하게 된 기념으로 준 것이었다. 100년 만에 나오는 첫 일본인 박사 후보자여서 그랬는지 그가 디펜스 자리에서 부들부들 떨고 있는 모습이 모두의 눈에 보였다. 아름부르스터 신부님이 몇 번이고 안 떨어도 된다고 큰 소리로 말했지만 그가 계속 떨고 있었기에 모두가 크게 웃었다.

이마미치 선생님도 내게 박사논문을 내보라고 하셨기에 나도 온 힘을 기울여 논문을 써 보냈다. 그런데 놀랍게도 심사를 받으라고 연락이 왔다. 나중에 말씀하신 것이지만 선생님은 내가 정말 써 보낼 줄은 몰랐다고 하셨다. 그리고 외부 심사위원을 맡으신 도쿄대의 미야모토 신부님이 우편으로 합격 통지를 보내주신 것도 기적이라 하시며 자신도 너무 기뻐서 눈물이 났다고 하셨다. 그렇게 나는 에이치대에서 특강 두 번을 한 것만으로 2002년 6월 논문 박사 학위를 받았다. 그 논문을 요약한 원고가 나중에 분도출판사에서 『감각과 초월』이라는 소책자로 출간되었다.

2012년 10월 13일, 이마미치 도모노부 선생님께서 향년 90세를 일기로 돌아가셨다. 나는 그분의 한 제자로부터 선생님의 부음을 전해 들었다. 그전 해인 2011년에 도라노몬병원에서 선생님을 뵈온 것이 마지막이 되었다. 선생님은 대장암 수술 후 무척 수척해진 모습이었다. 몇 년 전 암 선고를 받으신 후에도 선생님은 하실 일이 남아 있다며 수술을 미루셨다. 장례식은 아무에게도 알리지 않고 가족들끼리만 치렀다고 했다.

3개월 뒤 요츠야의 성이냐시오성당에서 고별 미사가 있었다. 나는 연말에 발가락 하나가 부러져 깁스를 하고 있음에도 불구하고 무리를 해서 도쿄로 갔다. 하필이면 그날따라 눈이 오지 않는 도쿄에 폭설이 내려 대중교통이 마비되었고, 나는 밤에 간신히 요츠야역에 도착했으나 길이 미끄러워 발을 질질 끌다시피 하며 숙소로 들어갔다. 1월 15일 고별 미사 주례는 독일인인 예수회 알퐁소 데켄 신부님께서 하셨다. 아마 부인이 독일인이어서 친분이 있었던 것 같다. 공동 집전을 하는 신부는 나 하나뿐이었다. 그래도 도쿄대 미학과의 많은 제자들이 참석하여 미학회에 온 듯한 기분도 들었다. 거구이셨던 선생님이 제대 앞 자그마한 납골 단지 안에 들어가 계셨다. 선생님의 주변에 늘 있던 많은 외국인 학자들이 하나도 보이지 않는 게 좀 이상하게 느껴졌다.

이제는 나가타초에 있는 선생님의 연구소에 갈 일도 없게 되었다. 선생님은 연구소를 떠나 대관절 어느 나라로 가신 것일까?

# 바보인 뇌에서 천재인 몸으로

일본 출판계의 '올해의 인물'은 단연 해부학자이자 뇌 과학자인 요로 다케시 교수이다. 그는 올해 신서판 도서 4권을 출간했는데 그중에서도 커뮤니케이션을 논한 『바보의 벽』은 어느덧 200만 부를 돌파했다.

요로 교수가 말하는 '바보의 벽'이란 무엇보다도 "자기동일성을 보존하기 위하여 '나는 결코 변하지 않는다'고 굳게 믿는 뇌의 활동"을 가리키는 말이다. 예를 들어 보통 사람들은

"바닥을 치면 그다음은 올라가는 수밖에 없다"고 굳게 믿는다. 하지만 "그 바닥을 파는 수도 있는 것이다."

'바보의 벽'이 가리키는 것은 먼저 이러한 고정적인 가치관의 타파이다. 나는 첫 피정을 하고 난 뒤의 체험을 지금도 잊을 수 없다. 세상이 놀라우리만치 전혀 다른 세계로 변해 있었다. 그때 지도 신부님은 웃으며 "세상이 변한 것이 아니라 네가 변한 것이다"라고 말씀하셨다. 좀처럼 믿기지가 않았다. 만나기로 한 친구에게 전화를 걸었다. 그 친구 또한 말했다. "목소리가 달라진 것 같아." 달라지는 것은 세상이 아니라 바로 우리들 자신이다.

요로 교수는 '바보의 벽'은 일종의 일원론에서 기인한다고 말한다. 그는 이슬람 세계와 미국 간의 전쟁도 유일신 종교 내의 원리주의자들 사이에서 벌어지는 것이라고 말한다. 어떤 정보, 어떤 신조가 한 사람에게 있어서 절대적인 현실, 즉 무한대가 되는 것이 바로 원리주의이다.

'바보의 벽'이 지적하는 또 하나의 간과할 수 없는 사실은 일원론적 뇌화사회(腦化社會)에서 다원론적 신체사회(身體社會)로의 이행이다. 베르나르 베르베르의 『나무』에 나오는 '완전한 은둔자'를 읽어보자. 거기에는 근대화, 도시화로 인해 경직된 뇌화사회의 비참한 종말이 엽기적으로 묘사되어 있다.

소설은 이렇게 시작한다. "뇌 안에는 모든 것이 이미 다

들어 있다." 그리하여 유명한 의사 루블레 박사는 육체로부터 벗어난 자유로운 정신을 위해, 자신의 뇌만을 따로 떼어내어 영양액 속에 보존하는 수술을 받는다. 그는 뇌로만 남음으로써 굉장한 정신세계를 돌아다닐 수 있었다. 그러던 어느 날, 무심한 아이들이 뇌를 표본병에서 꺼내어 쓰레기통에 버리고 만다. 결국 그의 뇌는 허망하게 개 먹이로 종말을 맞는다. 개에게는 그 뇌가 한낱 고깃덩어리였기 때문이다. 소설은 이렇게 끝난다. "개는 식사를 끝내고 가볍게 트림을 하였다. 그리하여 귀스타브 루블레의 사유 중에서 아직 남아 있던 것들이 모두 저녁 공기 속으로 흩어져버렸다."

근대적 개인은 자신을 불변의 정보로 규정했다. 자기에게는 변하지 않는 특성이 있다는 것이다. 그러나 인간의 그러한 개성은 '뇌'가 아니라 '신체' 안에 깃들어 있다는 것이 현대인의 자각이었다.

1995년 내가 도쿄에서 수술을 받고 회복 중에 있을 때 소위 '옴 진리교 사건(지하철 사린가스 테러 사건)'이 터졌다. 내가 입원한 병원으로도 수백 명이 실려 왔다. 그때 나는 참으로 궁금했다. 왜 똑똑한 젊은이들이 멍청하게 생긴 장님 교주 아사하라를 추종했는가였다. 요로 교수가 내린 결론은 이것이다. 자신의 몸과 대면해본 적이 없는 뇌화사회의 젊은이들에게 있어 아사하라가 요가 수행을 통해 제자들의 신체에 대해 내린 예언은 경이로움 그 자체였으리라는 것이다.

나는 올해 졸저 『감각과 초월』을 통해 '신체의 복권'을 신학적 미학의 핵심 문제로 다루어보았다. 한마디로 요약하면 "몸치(肉痴)가 곧 영치(靈痴)"라는 것이다. 얼마 전 일본 주간지 『아에라』는 공전의 불교 붐을 특집으로 다룬 적이 있다. 여기서도 요로 교수는 신체와 뇌의 관계를 통해 불교 회귀 현상을 읽고 있다. 그는 뇌의 지나친 지배에 대한 반동으로 신체성으로의 회귀가 일어나고 있다고 말한다.

"좌선이란 뇌를 바보로 만드는 것이다." "불교는 신체를 의식하는 것이다." "자신의 호흡을 의식하자 신체 안에 우주가 있는 듯이 느껴졌다"고 하는 말들이 이를 대변한다. 문제는 불교가 아주 '사적인 불교(私佛教)'로 이행해간다는 것이다.

한 스님의 말대로 "언어가 사라진 세계에서 종교는 감각적인 것으로 단순화되어갈 수밖에 없다. 그것으로라도 구원되는 사람이 있다면 부정할 수 없지만, 감각적인 종교가 지니는 위험도 느껴진다"는 것이다. 우리나라에서 지금 많은 가톨릭신자들이 산사(山寺) 체험을 하고 있는 것도, 교회나 사찰이 콘서트나 연극 등의 공연장으로서 주목을 받고 있는 것도 다 이와 같은 맥락 안에서 이해된다.[10]

# 선교 매체로서의 영화와 텔레비전

영화 「실미도」가 개봉 54일 만에 관객 1천만 명을 돌파했다. 15세 이상 기준으로 세 사람 가운데 한 사람 꼴로 본 셈이라고 했다. 이 영화가 대박을 터뜨리게 된 이유에 대해서는 여러 가지 분석이 나왔지만, 여하간 이제 영화 관람은 어쩌다 한번 사치스럽게 즐기는 특별한 데이트가 아니라 우리 일상생활의 한 부분이 되어버렸다. 영화는 이제 우리에게 있어 텔레비전처럼 시각 환경 그 자체가 되어버린 것이다.

언젠가 이마미치 도모노부 선생님에게서 들은 독일의 신학자 로마노 과르디니에 관한 에피소드가 있다. 제2차 세계대전 직후, 로마노 과르디니는 뮌헨대학교에 교수로 초빙되어 그곳 대강당에서 매일 저녁 일반 강의를 하였다. 그 강의의 테마는 '예술을 통하여 신앙으로'였다. 어느 날, 이마미치 선생님은 슈바빙 거리에 있는 한 영화관에서 로마노 과르디니와 우연히 마주쳤다. 그때 선생님이 과르디니에게 영화에 대해서 질문을 하자, 과르디니는 다음과 같이 대답하였다고 한다.

"영화는 20세기가 되어 완전히 예술이 되었습니다. 이러한 새로운 예술이 나온 것을 잊어서는 안 됩니다. 문학이라는 로고스(언어)로 전개되던 것이 빌트(이미지)에 의해 전해지고 있습니다. 더욱이 포에지(시)마저도 빌트에 의해 전해짐으로써 성공을 거둔 것이 영화라고 생각합니다. 문학, 연극, 음악, 자연이 움직이는 회화가 되고 있습니다. 그러므로 영화는 새로운 종합예술이라고 해야 하지 않을까요?"

비디오가 무엇인지도 모르던 시대에 과르디니는 또한 그리스도교의 위기를 예감하며 다음과 같은 말도 덧붙였다.

"지금까지의 선교는 다른 나라에 가서 하는 것이었습니다. 그러나 지금부터는 다가오는 세대에 선교하지 않으면 안 됩니다. 그때 가서는 교회가 말하는 언어를 대중이 더 이상 듣지 않는 시대가 되어버릴 것이므로, 영화라는 예술을 통한 새로운 선교 방법도 고려해야만 할 것입니다."

과연 반세기가 지난 오늘날 과르디니의 예언처럼 서구 교회는 텅 비고 말았으나, 영화 산업은 엄청난 관객을 동원하며 호황을 누리고 있다. 사실 19세기 말 라디오와 영화가 발명된 순간, 수천 년에 걸친 문자의 독재와 수백 년에 걸친 활자의 독재는 끝났다. 그리고 이를 소급하여 확인시켜준 것은 텔레비전의 출현이었다. 활자의 시대로부터 영상의 시대로의 전환은 텔레비전의 출현과 함께 돌이킬 수 없는 과정으로서 증명되어버린 것이다. 이미 1958년 11월 일본의 월간지 『사상』에 실렸던 기요미즈의 논문 「텔레비전 시대」는 지금 읽어보아도 시사하는 바가 크다.

먼저, 독서 활동이란 인간이 리얼리티를 결한 활자에 생명을 불어넣어 스스로 현실감 있는 것을 만드는 집중과 긴장의 작용이다. 그러나 텔레비전의 시청 활동은 독서 활동 끝에 나타나는 이미지로부터 시작한다. 예전에 어른은 문자로 된 책을 읽고, 아이들은 그림책을 본다고 여겨졌지만, 지금은 어른도 또한 그림의 세계에 살고 있다……. 활자 시대의 역사를 보면 영상화될 수 없는 것과 영상화될 수 있는 것이 무차별적으로 활자에 몸을 맡겨왔다. 영상화될 수 있는 것을 영상에 의해서가 아니라 활자에 의해 보여주고 또 파악하기 위해 우리는 무의미한 노력을 거듭해왔다. 텔레비전은 영상화될 수 있는 것을 영상화함으로써 우리를 무의미한 노력으로부터 해방시킬 것이다. 그리고 활자를 사용하는 미디어를 그 본래의 영역에 있어서 마음껏 활동할 수 있도록 해줄 것이다.

활자가 가지고 있는 본래의 영역이란 무엇을 말하는가?

텔레비전의 시대는 오락으로써 시작한 데 비해서, 활자의 시대는 성서로써 시작되었다. 텔레비전이 돌파할 수 없는 벽저편으로 활자는 우리를 인도해가고, 이 영상화되지 않는 세계에 비추어 영상화된 세계의 의미를 밝혀줄 수 있다 (……) 신문은 활자만이 도움이 되는 영역에 터를 잡고 새로이 출발해야만 한다.

다시 3월이 시작된다. 대학 캠퍼스에는 또다시 새순으로 초록빛 물이 들듯 신입생들의 들뜬 왁자지껄함으로 활기를 되찾을 것이다. 그러나 나는 수업 시간에 『그리스인 조르바』처럼 "그 많은 책 쌓아놓고 불이나 싸질러버려라. 그러면 아냐, 혹 인간이 될지?"라고 말할 자신이 없다. 아직도 많은 강의실이 영상과는 거리가 먼 백묵 칠판이기 때문이다.[11]

# 인연에 대하여

일상적인 삶은 평범한 만남들로 이어집니다. 그러나 그 평범한 만남들을 소중히 여기는 불가에서는 '옷깃만 스쳐도 인연'이라고 말하며 우연이 아닌 인연의 깊이와 질김을 이야기합니다. 저는 일본과 7년이라는 세월 동안 인연을 맺었습니다. 결코 짧다고는 할 수 없는 유학 생활을 마친 지금 귀국 준비를 서두르고 있습니다.

그래서 연초에 매년 여름방학을 보내던 홋카이도 트라피

스트수녀원에 인사를 갔습니다. 수녀원과의 인연은 작년 봄 돌아가신 후루카와 신부님과의 만남에서 비롯된 것인데 신부님은 항상 식사 전 농담 반 진담 반 이런 말씀을 하셨습니다. "나오는 것은 전부 먹어두게. 이런 진수성찬이 또 언제 나올지 모르니." 전쟁 중 소련군에게 붙잡혀 시베리아에서 수용소 생활을 하신 적이 있기에 그런 말씀을 하시는가 보다 했는데, 막상 식탁에 안 계시니 섭섭하기만 합니다. 신부님의 갑작스런 선종으로 지난 여름 석 달을 수녀원에서 지내게 되었는데 수녀님들과 정이 들어 다시 도쿄로 돌아오는 날은 발걸음이 떨어지질 않았습니다.

마지막 날, 제의방에 계신 연로하신 클레멘스 수녀님께서 "갔다 얼른 다시 와야지 너무 오래 있다 오면 다시 볼 수 있을는지……" 하실 때에는 가슴이 미어졌습니다. 그러나 작별 인사말로 "잇테이랏샤이(잘 다녀오세요)"하셨을 때에는 제가 마치 어디 여행이라도 다녀오는 듯한 착각마저 들었습니다.

이렇듯 만남에는 평범한 만남들도 있지만 한 사람의 일생을 좌우하는 비범한 만남들도 있습니다. 유다도 처음에는 예수님의 모습에서 깊은 감동을 받고 자신의 삶 전부를 걸고 예수님을 따라 살기 시작하였을 것입니다. 그런데 무엇이 유다로 하여금 "차라리 세상에 태어나지 않았더라면 더 좋을 뻔(마르 14,21)"한 배반의 길을 가게 하였을까요? "초인적인 순수함 앞에서 발생한 악한 노여움(과르디니)"이었던 유다는 실은 우리 모두가 지니고 있는 배반의 가능성을 노골적으로 보여준데 불과하다는 생각이 듭니다. 그가 그 파렴치함을 평화의 입맞춤으로 적나라하게 드러낸 것처럼.

배반으로 자신의 전 존재가 굳어져버렸기에 부활하신 예수님께로 다시 돌아올 수가 없었던 유다는 성경에서 가장 슬픈 인연의 주인공이 되어버렸습니다. 이렇듯 예수님과의 만남은 우리들에게 "넘어뜨리기도 하고 일으키기도 하는(루카 2,34)" 인연의 갈림길이라는 생각이 듭니다.[12]

내가 홋카이도 등대(燈臺)의성모트라피스트수도원을 처음 간 것은 1998년 여름인 것 같다. 그해 도쿄 교구 사제단 피정이 거기서 있었고, 나도 그 피정에 합류하였다. 하코다테역에서 기차로 1시간가량 떨어져 있는 오시마토베쓰역에서 내리면 바닷가에 수도원이 있다. 그곳은 여름에도 시원하여 당시 각 교구 사제단이 줄지어 그곳에서 피서 겸 피정을 하였다.

가는 길에 하코다테공항 근처에 있는 트라피스트수녀원(공식 명칭은 '천사의성모수도원'이며 줄여서 '천사원'이라고 부른다)에 들렀다. 한국인 수녀님 세 분이 그곳에 와 계시니 만나보고 가라는 연락을 받았던 것이다. 천사원이 우리나라 마산에 설립한 수정의성모트라피스트수녀원에서 실습차 오신 분들이었다. 나는 상주(常住) 사제이신 후루카와 신부님으로부터 수도원에 가면 피정집 객사에 머물지 말고 원장에게 말해둘 테니 수도원 내부 객사에서 지내라는 조언을 받았다. 침묵을 지키기 위해서였다. 나는 식사 중에도 침묵을 지키는 수도사들과 함께 수도원 식당에서 식사를 하였다.

엄률(嚴律) 시토회인 트라피스트수도원의 일과는 성 베네딕도의 규칙서를 그대로 지키고 있는데, 기상은 오전 3시 30분경, 취침은 저녁 8시경이었다. 그 사이 일곱 번에 걸쳐 공동기도를 하고, 오전과 오후 작업 시간이 정해져 있었다. 그야말로 "기도하고 일하라(Ora et Labora)"이다. 수도원은 1896년에 프랑스 수도사들이 창립하였다. 뒷산 루르드 동굴에서는 하코다테와 아오모리를 잇는 츠가루해협을 오가는 하얀 야간 연락선이 그림처럼 아름답게 보였다. 수도원에서는 유명한 트라피스트 버터와 버터쿠키, 버터사탕을 만들어 팔았다.

나는 그 이듬해 여름에도 수도원에서 피정을 하려고 연락을 드렸다가 뜻밖의 소식을 접했다. 후루카와 신부님이 지난 부활절에 갑자기 돌아가셔서 수녀원에 미사 드릴 사제가 필요하니 여름방학 동안 수녀원에 머물러달라는 것이었다. 나는 그해 여름휴가를 떠나는 메리놀회 신부님이 계신 삿포로의 한 성당에서 머물려던 계획도 취소하고 석 달간을 수녀원에서 지냈다.

수녀원에서는 매일 창(唱) 미사를 드렸다. 아침에 특히 감사송을 노래로 부르는 것이 제일 힘들었다. 그리고 한 주일에 한 번 정도는 라틴어 미사를 드렸다. 그것도 익숙하지 않아 쉽지 않았다. 한국 예수회에서는 거의 하지 않는 주일날 저녁 기도 때의 성체 강복도 순서를 헷갈리기 일쑤였다. 성무일도 역시 노래로 했다. 그 덕분에 시편을 노래로 하는 맛을 어느 정도 알게 되었다. 찬미는 두 배의 기도라는 말이 무슨 뜻인지 와닿았다. 화요일인가는 병원에 입원해 계신 수녀님들을 위해 봉성체를 갔다. 당시 하코다테 시립병원에 가서 에어컨이 없다는 사실에 깜짝 놀랐다. 그때만 해도 온난화 현상이란 말이 아직 없었다. 수녀원에서 가까운 와타나베 병원에는 유일한 한국인 수녀인 페트라 수녀님이 입원해 계셨다. 그곳에도 에어컨이 없어 몹시 힘들어하는 수녀님을 보니 안쓰러운 마음이 들었다. 수녀님은 아직 젊으셨지만 결국 그곳에서 돌아가셨고 수녀원 묘지에 묻히셨다.

가장 잊을 수 없는 것은 안내실 소임을 하는 베로니카 수녀님의 어머니가 면회 오셨다가 객실에서 돌아가신 일이었다. 베로니카 수녀님은 마산에서 수녀원을 창립하고 10여 년간 원장을 하다가 1999년 9월에 천사원으로 돌아오셨다. 그토록 오랜만에 귀국한 딸을 만나러 기차로도 5시간 이상이나 걸리는 아사히카와에서 달려오신 어머니께서 딸을 만나자마자 그날 밤 돌아가신 것이었다. 그날은 9월 20일 김대건 안드레아와 정하상 바오로 및 동료 순교자들의 대축일이었다. 나는 미사 중에 베로니카 수녀님을 오랜 기간 동안 한국에 보내야 했던 그 어머니가 영원한 안식을 누리시도록 우리 순교자들의 전구(傳求)를 청하였다.

# 삿포로 교구 데이네성당

1998년 여름, 나는 "오겐키데스카?"로 한국 사람들에게도 잘 알려진 오타루와 삿포로 사이에 위치한 데이네성당에서 지냈다. 당시 본당주임신부는 현 삿포로 교구장인 베르나르도 가츠야 주교님이었다. 무로란성당 출신인 주교님의 아버님은 스님이었다고 한다. 무슨 연유에서인지 고등학생 때 무로란 성당에서 세례를 받았고, 도쿄에서 대학을 다닐 때는 우리 예수회의 평신도 단체인 CLC(Christian Life Community) 멤버였다고 했다. 그런 인연으로 내가 이 본당을 소개 받아 온 것이다. 하여간 가츠야 본당 신부님이 세계청년대회 인솔자로 가는 바람에 나는 그분을 대신해 한 달간 본당을 지켰다.

데이네성당은 삿포로 교구에서는 제법 큰 성당으로 주일 미사에는 한 100명가량 모였다. 교구라고는 하나 삿포로 교구 전체 신자 수가 서울의 여느 큰 성당 신자 수에 불과하였다. 그리고 평일 미사에는 아무도 나오지 않아 할 수 없이 나 혼자 미사를 드렸다. 식사 준비를 해주는 아이자와 씨는 신자가 아니었다. 그녀는 점심에는 언제나 면 종류를 요리해주었다. 우동, 소바(메밀국수), 라면, 스파게티 등등. 아버지가 중국집을 했기에 자기도 요리를 배웠다고 했다. 아이자와 씨가 저녁 식사까지 준비해놓고는 오후 3시쯤 자기 집으로 돌아가기에 저녁은 늘 나 혼자 먹어야 했다. 가츠야 신부님도 식사 때는 늘 텔레비전 켜놓고 식사를 하셨는데, 아마 혼자 먹어서 그런 습관이 든 것 같았다. 나는 점심을 먹으면 근처 삼림공원으로 산책을 갔다. 공원은 걸어 다닐 수 없을 정도로 무척 넓어서 나는 저렴한 자전거를 한 대 샀다. 한 달 동안 충분히 본전을 뽑을 양으로 신나게 달렸다. 그리고 도쿄로 돌아올 때는 그 자전거를 아이자와 씨에게 주었다. 매일 타고 다니는 자전거가 아주 오래되어서 그런지 그녀는 매우 기뻐하였다. 한번은 공원에서 돌아오니 그녀가 내게 "지누시라는 분이 다녀가셨어요"

라고 말했다. 지누시? 내가 아는 지누시는 지누시 주교님밖에 없는데……. 나중에 알게 된 것이지만 지누시 주교님은 연락도 없이 본당이나 수도원을 방문하는 것으로 유명했다. 아이자와 씨는 신자가 아니므로 주교님인 줄 몰라보았을 것이다. 또 지누시 주교님의 동생이 그 본당 신자라는 것도. 아이자와 씨가 식복사를 그만둔 후 자기 집으로 식사 초대를 한 적이 있었다. 내가 현관에 들어서자 무릎을 꿇고 기다리고 있던 그녀는 절을 하며 맞아주었다. 나는 그런 모습을 처음 보았기에 몹시 당황하였지만 아주 오랜 일본식 여성의 가정 인사인 것 같았다.

밤에 사제관에 혼자 있으면 적적하다 못해 무섭기까지 했다. 그런데다 어떤 날은 정신이 온전치 못한 여성이 불쾌한 전화를 걸어오는 일도 있었다. 몸이 아파서 성당을 다녔는데 잘 낫지 않아 지금은 절에 다니고 있는데 다 나았다는 것이다. 끊어도 다시 걸어오고 또 끊어도 다시 걸어와 할 수 없이 자동 응답기로 돌려놓았다. 어느 날 밤에는 계속 초인종 소리가 났다. 나가 보면 아무도 없고, 나가 보면 아무도 없고 하여 초인종의 전지를 빼놓고 잔 날도 있다. 하루는 아침에 현관문을 여니 새까만 새끼 고양이가 울고 있었다. 너무 귀엽게 생겨서 안아보니 한쪽 눈이 없는 장애 고양이였다. 섬뜩했다. 누가 해코지하려고 일부러 가져다놓은 것이 분명했다.

본당을 혼자 지키는 것이 쉬운 일이 아님을 절감했다. 나는 본당 신도회장에게 전화를 걸어 다짜고짜 너무 외로우니 결혼을 시켜주든지 저녁을 사주든지 둘 중 하나 선택하라고 말했다. 그는 잠시 머뭇거리고는 저녁을 사줄 테니 삿포로 시내로 가자고 말하였다. 나는 그날 저녁 어느 호텔에서 게 코스 요리를 대접받았다. 그러고는 회장 부부에게 당부하였다. 본당 신부님도 외로운 것 같으니 저녁 한번 사드리라고.

# 조광호 신부님과 『들숨날숨』

1999년 5월, 베네딕도수도회의 조광호 신부님은 "21세기의 문화와 영성"을 표방하는 종합 교양지 월간 『들숨날숨』을 창간하였다. 잡지는 5년간 총 60권을 내고 폐간되었지만 새로운 밀레니엄을 준비하는 교회 안팎에 신선한 충격을 주었다.

초기에는 편집위원으로 시인 김형영, 소설가 최인호, 음악학자 서우석, 사학자 정두희, 방송작가 김경옥 등이 분도출판사 관계자들과 함께 참여하였는데 매달 참신한 주제로 위원들 간에 신나는 토론이 벌어졌다.

그해 4월, 아직 도쿄에 있던 나는 조 신부님으로부터 지금 김수환 추기경 님이 일본에 계시니 창간호를 위한 특별 인터뷰를 해서 보내라는 연락을 받았다. 알아보니 추기경님은 홋카이도 트라피스트수녀원에 계셨다. 그래서 그날 저녁 전화를 드리니, 내일 오사카로 갈 예정이라며 그곳에서 보자고 하셨다. 나는 다음 날 저녁 이쿠노성당 근처에 있는 한국순교복자수녀회에서 추기경님을 뵙고 저녁을 함께하면서 인터뷰를 하였다. 오사카에 살고 계신 나의 이모부께서는 기자가 녹음기도 없이 무슨 인터뷰를 하냐며 내게 최신형 휴대용 녹음기를 하나 사주셨다. 덕분에 나는 손쉽게 원고를 정리해 보낼 수 있었다. 다음 날 점심에 이모부는 고맙게도 추기경님과 수녀님들을 오사카성 옆에 있는 호텔 양식당으로 초대해주셨다. 예약해놓은 자리의 창문 너머로 벚꽃이 눈부시게 만발해 있었다. 우리는 식사를 마치고 성으로 꽃구경을 갔다. 성을 산책하며 그날 찍은 사진만으로 사진첩 한 권이 되었다.

사실 시대의 얼굴이 종이에서 화면으로 바뀌어가고 있었지만, 조 신부님은 잡지의 시대 그 끝자락을 정말 품위 있게 장식하였다.

# 새로운 세기를 열며 — 김수환 추기경과의 대화

1999년 4월 5일 아침, 도쿄에서 오사카로 가는 신칸센 안에서 바라보는 후지산은 아직도 머리에 흰 모자를 쓰고 있었다. 그러나 오사카성은 벚꽃이 만발하여 하나미(花見, 꽃놀이)가 절정에 달했다. 그날 저녁 나는 재일 동포들이 주축을 이루고 있는 이쿠노성당 근처 수녀원에서 추기경님을 오랜만에 만나 뵈었다.

Q. 추기경님 먼저 부활 축하드립니다. 바쁘신 가운데 저희 『들숨날숨』 창간 독자들을 위해 귀중한 말씀을 해주심에 깊은 감사를 드립니다. 추기경님께서는 얼마 전 한 달간의 대피정을 하셨다고 들었습니다만, 요즘 근황은 어떠신지요?

A. 먼저 『들숨날숨』 창간을 축하드립니다. 이 시대가 어떠한지, 어떻게 맞이할 것인지, 이 시대에 필요한 가치관이 무엇인지를 나누는 『들숨날숨』은 좋은 잡지가 될 것입니다. 은퇴 후 누가 "어떻게 살 것인가?" "무얼 원하는가?" 하고 물었을 때, "어떻게 하면 자기를 비우고 사는가?" "이제부터는 어떤 면으로든 봉사하는 삶을 살고 싶다"라고 대답한 적이 있습니다. 그러려면 영적인 준비가 필요하지 않을까 생각하던 차에 주위에서 피정을 권했습니다.

캐나다 예수회의 존 고반 신부님은 이렇게 말씀하셨습니다. "자기를 비워야겠지만 정말 자기를 비울 수 있는가? 죽기까지 비울 수 없을 것이다." 죽고 나서도 15분이 지나야 비워진다고 합니다. 그만큼 자기를 비우기가 힘들다는 뜻이겠지요. 노력하고, 기도해야 하고, 하느님의 은총 없이는 비울 수 없다는 것을 피정 내내 생각했습니다.

피정이 끝나는 마지막 날 성무일도의 첫 후렴이 바로 "너의 앞길을 다 내게 맡겨라. 내가 돌봐주리라"였습니다. 모든 것을 주님께 맡긴다는 것은 자기의 모든 것을 긍정적으로 받아들인다는 말입니다. 예수님께서 "매일 자기 십자가를 지고 나를 따르라"고 하신 것도 이런 뜻이라고 봅니다. 하느님을 중심에 두고 살아가는 것, 하느님께 근거를 두고 살아가는 것, 하느님의 뜻이 이루어지도록 살아가는 것이겠지요.

Q. 한 세기가 저물어가고 있습니다. 지금은 단지 숫자상으로만 바뀌는 것이 아니라, 인류 역사상 이제까지 볼 수 없었던 변화들이 실제로 일어나고 있습니다. 흔히 새로운 세기는 하드웨어 즉 정치·경제·기술의 세기가 아니라 소프트웨어, 즉 문화와 영성의 세기가 될 것이라고 합니다. 참다운 문화란 어떤 것이며, 또 그 뒷받침이 될 영성이란 어떤 것이라고 생각하시는지요?

A. 한마디로 인간에 대한 존중과 사랑이 없다면 문화라고 할 수 없을 것입니다. 아무리 아름다운 것이라도 인간과 관계되어야만 합니다. 삶도 마찬가지입니다. 진리와 정의가 결핍된 문화는 있을 수 없습니다. 추구할 만한 문화가 있다면, 그것은 인간을 가장 소중히 여기는 가치관에서 출발할 것입니다. 재작년에 호주에 간 적이 있습니다. 그곳 교포들은 "여기야말로 파라다이스"라고 합니다. '골드코스트'라는 지명 그대

로 자연경관이 참으로 아름다웠습니다. 그런 호주에서 제일 소중히 여기는 것이 무엇이냐는 질문을 받았지요.

그 답이 무엇인지 아세요? 어린이예요. 그다음에 소중히 여기는 것이 장애자, 노약자, 부녀자 그리고 동물이에요. 남자는 동물 다음이죠. 그것은 남자를 천시해서가 아니고, 어떤 의미에서 남자는 남을 돌보는 데 있어서 제일 책임을 많이 져야 하기 때문이 아닌가 싶어요. 이 이야기를 들으며 저는 그래서 호주가 지상낙원이라 불리는 것 아닐까 하는 생각이 들었습니다. 우리나라에서도 이같이 말할 수 있을까요? 우리가 가장 소중히 여기는 것이 어린 생명, 장애자, 노약자라고 말하기는 어렵지 않을까요. 우리가 사람답게 사는 문화를 만들어낼 수 있으려면 물질 위주의 가치관을 고쳐서 하느님께 근거를 두고 사는 영성을 가져야 할 것입니다.

Q. 방금 말씀하신 것과 연관됩니다만 『들숨날숨』이 주의를 기울이고 있는 한 분야가 우리의 '가정'입니다. 얼마 전 '이중섭 특별전'에 갔다가 전람회장을 찾은 수많은 사람들을 보고 놀란 적이 있습니다. 무엇이 이 많은 사람들의 발걸음을 이곳으로 이끌었을까 하고 곰곰이 생각해보니, 역시 화가의 가족에 대한 사랑이 아니었을까 하는 생각이 들었습니다. 요즘 저희들의 가정은 해체 직전에 있는 듯한 감이 듭니다만, 앞

으로의 가정에 대해서는 어떻게 보시는지요?

A. 모든 문제가 물질 위주의 세계관 확장에서 온다고 봅니다. 1968년 교황 바오로 6세께서 인간 생명의 존엄성에 대한 회칙인 '후마네 비테(Humanae Vitae)'를 내셨을 때 교회 안의 윤리 신학자들로부터도 그 회칙은 비난을 받았습니다. 이를 확인하는 시노도스에 참석하고 돌아오는 길에, 나는 미국의 어느 수도회에서 운영하는 대학에 들렀습니다. 그때 한 여자 교수가 주교들이 무엇을 아느냐고 힐문했지요. 회칙과 시노도스가 필(pill, 경구피임약)의 사용을 규제하였기 때문입니다. 당시 일부 주교와 신부들도 이를 묵인하고 있었으며, 신자들도 고해를 하지 않았습니다. 그러나 만일 필이 허용되면 아이를 하나만 낳는 것만이 아니라, 정상적인 부부관계가 파괴되어 많은 가정이 무너지게 됩니다. 그래서 교회는 이를 허락할 수 없었습니다. 그런데 놀랍게도 독일에서 저명한 무신론적 사회학자인 막스 호르크하이머가 교황님을 옹호하는 발언을 했습니다. 그리하여 진보적이며 반교회적 잡지인 『슈테른』이 그에게 물었습니다. 왜 당신은 교회 내부에서조차 반대하는 '후마네 비테'를 옹호하느냐고. 그는 이렇게 답했습니다. "지금 인류는 어느 길을 가느냐에 따라 죽고 사는 갈림길에 서 있다. 인간 생명의 길이 그것이다. 아무도 이에

대해 말하지 않을 때 바오로 6세 교황께서 이를 말씀하셨기에 옹호하는 것이다."

자기희생보다는 자기 안락의 길을 갈 때 모든 것은 무너지기 마련입니다. 우리는 과연 복제 인간의 출현을 막을 수 있을까요? 윤리관이 다 무너졌는데 말입니다. 아마 연구는 계속될 것입니다. 인간은 자기 자신이 갈 때까지 다 가봐서 아주 무서운 결과가 나올 때에야 비로소 이를 깨달을 것입니다.

Q. 『들숨날숨』은 가톨릭교회만의 잡지가 아니라 다른 종교인들, 종교를 갖지 않은 사람들과의 대화도 마련해보고자 합니다. 북한동포돕기나 환경보호운동 등을 통해 아가페의 연대성은 더욱 뚜렷해질 것입니다. 최근에 번역되어 나온 마르티니 추기경과 미학자 움베르토 에코와의 서간 대화집에, 추기경이 에코 교수에게 "비신앙인들이 갖고 있는 윤리 행위의 궁극적인 근거는 무엇인가?"하고 묻는 대목이 있습니다. 추기경님께서는 종교가 다원화되어 있고 비신앙인들의 비율이 높은 아시아에서 자연적인 윤리와 초월적인 믿음 사이의 대화가 가능하려면 어떻게 해야 한다고 보시는지요?

A. 현대에 많은 사람들이 '인간의 존엄'에 대하여 말했습니다. 우리나라 헌법 9조에도 인간은 존엄하다고 적혀 있습니다.

헌법에서 인간이 존엄하다고 말하는 근거는 어디에 있는 것일까요?
뇌성마비에 걸린 사람들, 병으로 다 죽어가는 가련하기 짝이 없는 사람들, 가난해서 먹을 것이 없는 사람들을 우리는 무엇을 근거로 존엄하다고 말하는 것일까요? 인간은 겉모습이 어떠하든, 어린이든 노인이든 인간인 한 존엄합니다. 그리고 법 앞이기에 평등한 것이 아니라, 존엄하기에 평등한 것입니다. 그런데 인간이 왜 존엄한지는 과학적으로 증명할 수 없습니다. 이것이야말로 종교의 영역입니다.
인간이 왜 존엄하고 평등한지를 우리는 비신앙인들과도 토론해야 합니다. 지금 이 순간에도 인간은 존엄합니다. 왜냐하면 우리를 자신과 닮은 모습으로 창조하신 하느님께서 지금 이 순간에도 우리를 사랑하고 계시기 때문입니다.
하느님께서는 지금 있는 그대로의 나를 사랑하십니다. 그렇기에 내가 나를 미워해야 할 이유가 하나도 없습니다. 신앙은 기본적으로 하느님께서 지금 나를 있는 그대로 받아주고 계시다는 것, 그래서 나도 나를 있는 그대로 받아들일 수 있다는 것을 믿는 것입니다.

Q. 우리는 2000년 대희년을 앞두고 희망에 차 있습니다만, 세상은 그렇게 낙관적이지만은 않습니다. 종말을 상징하는 우

울한 생태학적 표징, 아직도 곳곳에서 전쟁과 난민, 기아 문제가 그치지 않고 있습니다. 추기경님께서는 어둠과 빛이 교차하고 있는 이 세기의 새벽에 어떤 희망의 메시지를 들려주실 수 있으신지요?

A. 우리가 모든 것을 잃어도 희망을 가질 수 있는 것은 '그럼에도 불구하고 하느님께서 우리를 사랑하고 계시다'는 사실 때문입니다. 이것이 우리가 희망을 가질 수 있는 유일한 근거입니다. 우리가 그밖의 무엇에 희망을 걸 수 있겠습니까? 하느님께서는 우리를 사랑하셔서 당신의 아드님까지도 내주셨습니다. 이것만이 우리의 희망입니다.

다시 도쿄로 돌아오는 밤, 나는 신칸센 안에서 녹음기를 재생하여 추기경님과 나눴던 긴 대화를 반복해서 들어보았다. 사실 대화 사이사이는 많은 웃음으로 메워져 있었다. 그분의 유머를 다 싣지 못한 점이 못내 아쉽다.

나는 지난 1993년 그분으로부터 사제품을 받았다. 오랜만에 헤어졌던 아버지와 아들이 만나서 이런 이야기를 나눈 것이 나만의 행복은 아닐 것이다. 그분은 이 시대를 살아가는 우리 모두의 영적인 아버지이시기 때문이다.[13]

# 3부

# 자작나무 앞에서

# 자작나무 앞에서

나도 너처럼
하얗게 그렇게
눈에 띄게 서 있고 싶다.

내 뒤로는 아이들이 숨 가쁘게 달려오고
앞으로는 노인들이 쉬엄쉬엄 걸어가는 봄날

겨우내 쌓인 눈 녹아
발밑을 흐르는 물 힘차게 빨아올리면서

나도 너처럼
곧게 서서 그렇게
하늘 향해 두 손 흔들고 싶다.

**시작 메모**

언젠가 모스크바로 가는 비행기 안에서 가도 가도 끝없는 광활한 자작나무 숲을 본 적이 있다. 그리고 우크라이나 키예프의 한 고려식당에서 삼겹살에 보드카를 마셨다. 보드카에서는 자작나무 향기가 났다. 그때부터 내 마음 한구석에서는 자작나무 한 그루가 자라기 시작했다. 그러던 어느 봄날 안산(鞍山) 둘레길에서 자그마한 자작나무 숲을 만났다.

우리들 모두 하얗게 그렇게 서로의 눈에 띄게 서 있기를, 일상의 기도 또한 늘 은총의 물을 빨아올리며 곧게 서서 그렇게 하늘에 가닿기를 빌어본다.[14]

# 정다운 아호

우리나라에서 호칭은 그때그때의 사회상을 반영한다. 강화도에 있는 한 장어구이 집에 갔을 때의 일이다. "사장님, 안쪽입니다." 종업원은 나를 보자마자 '사장님'이라고 불렀다. 나는 그 순간 갑자기 사장으로 변신했다. 그러나 나는 평범한 손님일 뿐 죽었다 깨어나도 진짜 사장이 되는 일은 없을 것 같다.

아침마다 우면산을 오른다는 한 교수는, 산에서 우연히 어울리게 되는 일행이 제각기 다른 일을 하면서도 서로를 '사장'으로 부른다고 했다. 하긴 지난번 방영된 '골든벨' 프로그램의 도전자 중에 안타깝게도 마지막 관문을 통과 못한 여고생의 장래 희망도 사장(CEO)이었다.

예전에는 아이들에게 장래 희망을 물으면 대부분, 특히 여자아이들은 다 선생님이 되겠다고 했다. 선생님은 우리가 되어야 할 모범 답안 같은 것이었기 때문이다. 그런데 언제부터일까? 더 이상 선생님을 찾지 않게 된 것은.

한때 서로 모르는 사람들의 호칭이 '선생님'이었던 때가 있었다. 일본에 살면서 정겹게 느꼈던 것은 '센세이(선생님)'라는 호칭을 대부분 자기를 직접 가르쳐준 스승에게만 붙인다는 점이었다. '선생님'이라는 호칭은 같지만, 일본의 것이 좀 더 경의와 진심이 담긴 것 같다는 생각이 든다.

예전 우리에게도 다산·추사·만해·백범 등과 같이 상대방의 호를 불러주는 관습이 있었다. 호칭은 인간관계를 반영한다. 상대를 높이기 위한 호칭이 고작 '사장님'인 요즘 세태나 이름을 직접 부르는 서양 관습보다, 상대에 대한 관심과 호감이 깃든 우리의 관습이 훨씬 운치와 기품이 있지 않을까.[15]

2003년 3월, 서강대학교 교수로 임용될 당시 나는 교양과정부에 배속되었다. 교양과정부는 전공 학과에 속하지 않은 교수들로 구성되어 있었다. 나의 전공 분야인 미학만이 아니라 심리학, 일본학, 체육학, 교육학 등은 전공 학과가 없었다. (그중 심리학과는 나중에 전공 학과가 되었다.) 그러다가 교양교육의 중요성을 앞세워 명칭을 교양학부로 변경하였다. 그러더니 또 얼마 못 가서 교양학부를 해체하고 (그 바람에 나는 문학부 철학과로 소속이 변경되었다) '기초교육원'이라고 부르더니 지금은 또 다시 '전인교육원'이라고 명칭을 바꾸었다.

이러한 것을 보면 대학이 얼마나 교양교육에 대해 헤매고 있는지를 알 수 있다. 교양교육을 영어로는 'general education'이라고 한다. 여기서 'general'은 군대로 말하면 장군에 해당한다. 장군은 부대 전체를 통솔하는 자이다. 즉 그는 보병도 포병도 공병도 통신병도 의무병도 모두 통솔해야 하는 자이다. 그에게는 특정 분야의 전문 지식이 요구되는 것이 아니라 군대 전체에 대한 지식이 필요하다. 교양교육은 전문 지식을 습득하는 3, 4학년이 되기 전에 그 기초 지식을 배우려는 1, 2학년이 배우는 이른바 교양과정이 아니다. 교양교육은 자신의 인생 전체의 방향을 정하는, 전공 지식 위에 있어야 하는 최상급 교육과정(이른바 요즘 유행하는 최고위 과정)인 것이다.

도쿄대의 경우는 교양학부 캠퍼스가 따로 있어서 2년간 교양과정을 마친 후 3년째 전공을 택한다. 그러나 교양학부에서만 4년을 공부하는 학생들도 있다. 일본에는 글로벌 시대를 내세워 영어로만 수업을 하는 '국제교양학부'가 각 대학에 생겨났다. 마치 국제적인 교양은 영어로만 습득 가능한 것처럼 말이다. 나는 교양이라는 말이 나올 때마다 그 말이 도대체 어디서부터 온 것인지 궁금해지곤 했다.

# 펠리치타 김순옥 어머님

언제인가 이해인 수녀님의 어머님과 함께 부산을 다녀온 적이 있다. 우리는 떠나기로 한 날 아침 서울역 구내에서 만났다. 놀랍게도 이미 아흔을 바라보고 계신 어머님께서 합치면 당신 몸집만 한 크기가 될 법한 커다란 가방 두 개를 양손에 들고 나타나셨다. 그것도 우이동에서부터 지하철을 타고 오셨단다. 아니, 이 무거운 가방들을 들고 계단을 오르내리셨다는 말인가. 대관절 이 노인에게 무슨 힘이 남아 있길래 이 고생을 사서 한단 말인가. 가족 중에 역까지 전송 나온 사람이 아무도 없단 말인가. 순간 지금부터 꼼짝없이 내가 그 가방들을 들어야 한다는 부담감이 뇌리를 스치고 지나갔다. 나는 노인과 함께 여행하게 된 것을 곧 후회하기 시작했다. 그렇잖아도 얼마 전 퇴직하신 한 선생님을 모시고 여행했다가 그놈의 가방 무게 때문에 일주일 동안이나 몸져누운 적이 있었다.

나는 여행을 다닐 때 내게 꼭 필요한 것이 아니면 가지고 다니지 않는다. 아무리 가벼운 것이라도 무엇을 전달해달라는 부탁은 일체 사절이었다. 오랜 기간 일본에서 산 탓에 나는 어디를 가든지 필요한 짐은 먼저 다 부쳐버리고 빈 몸으로만 나섰다.

도대체 무엇이 들어 있길래 가방이 이토록 무거운 것일까. 열차 안에 자리를 잡고 나서야 그 비밀을 알았다. 놀랍게도 가방 하나에는 캔 맥주 5개, 큼지막한 커피 보온병, 안주용 동그랑땡, 소시지 등이 꽉 차 있었다. 부산까지 가면서 함께 드시기 위한 것들이었다. "열차 안에서도 파는데 왜 무겁게 들고 오셨어요?" 하고 내가 묻자 어머님은 "아유, 열차 안에서는 비싸잖아" 하시며 들고 다니는 것쯤은 아무것도 아니란 듯이 말씀하셨다. 정말 대단한 노익장이었다.

다른 한 가방의 내용물이 그 정체를 드러낸 것은 동래 가르멜수녀원 면회실에서였다. 세숫비누, 그릇, 플라스틱 바구니, 비닐 가방, 열쇠고리 등 온갖 잡화가 쏟아져나왔다. "이게 다 가르멜에서는 필요할 거야." 어머님은 가방을 털며 말씀하셨다.

어머님은 해마다 봄가을 두 차례 큰딸(데레사 말가리다 수녀님)이 있는 동래 가르멜수녀원과 작은딸(이해인 수녀님)이 있는 광안리 분도수녀원을 정기적으로 방문하신다. 그것은 어머님에게 있어서 아마 가장 즐거운 연중행사일 터이다. 하긴 막내딸이 있는 미국도 혼자서 다녀오실 정도니 부산쯤이야 아무것도 아닌 것이다. 그 정기적인 만남을 위해 어머님은 평소 당신 손에 들어온 것들을 차곡차곡 모아두셨다가 선물 가방을 꾸리시곤 했다. 이미 일흔을 넘긴 큰딸이지만 오랜만에 만나는 딸에게 줄 선물이기에 가방이 전혀 무겁지 않았을 것이다. 나는 어머님이 아흔 고령임에도 불구하고 아직도 힘이 좋아서 그 무거운 가방들을 들고 다니신다고는 생각하지 않는다. 딸에게 줄 선물을 들고 간다는 그 기쁨이 무거운 가방조차 가볍게 만드는 것이다. 이처럼 사랑은 제아무리 무거운 것이라도 가볍게 만들 수가 있다. 그리고 그렇게 가벼운 삶이야말로 행복한 인생인 것이다. 어머님의 세례명이 '펠리치타(행복)'인 것도 우연만은 아닌 것 같다.

나도 1년에 한두 번은 가르멜에 계신 수녀님을 찾아뵙는다. 수녀님을 뵙는 가장 큰 즐거움은 수녀님이 담가두신 술병 선물을 받는 일이다. 수녀님은 어느 해에는 진달래술을, 어느 해에는 매화술을 담가놓으셨다가 내어주신다. 바깥출입을 하지 않는 봉쇄 수녀로서 그분이 마련하시는 선물은 그런 것이다. 그 술병 선물 안에는 어줍은 사제 생활을 하고 있는 나를 위한 수녀님의 하루하루의 기도도 담겨 있다. 그 술병들을 나는 값으로 셈할 수가 없다.

선물을 배달하는 것도 유전인지 해인 수녀님의 가방에도 늘 예쁜 카드라든가 조개껍질이라든가 온갖 소소한 선물들이 가득 차 있다. "내 것은 칫솔과 치약밖에 없다니까." 수녀님은 종종 지나가듯이 말씀하신다. 한번은 광안리 뒷산을 거닐 때였다. 수녀님이 떨어져 있는 솔방울들을 주우면서 "이것들도 예쁘게 색칠만 하면 참 좋은 크리스마스 선물이 되거든" 하셨다. 마침 바로 앞에서 어떤 다른 수녀님이 기도를 드리고 있었다. 그런데 그 수녀님은 솔방울을 밟고 서 있었다. 틀에 박힌 기도도 중요하지만 다른 사람을 생각하며 솔방울을 줍는 일이야말로 진정한 기도가 아닐까 하는 생각이 그 순간 스쳐 지나갔다. 오래전 일이지만 수녀님은 로마에서 유학하고 있는 내게 가끔 편지와 함께 지난 신문 만화들을 오려서 함께 보내주셨다. 그것은 신문을 받아보지 못하던 나에게 있어 국내 소식을 한눈에 파악할 수 있는 실로 기막힌 선물이었다.

나는 종종 주변 사람들에게 무엇을 선물해야 좋을지 몰라

고민하곤 했다. 그러나 누워 있는 환자도 방문객에게 미소를 선물할 수 있듯이, 나는 아무리 작은 것이라도 사랑이 담겨 있는 것은 모두 우리에게 커다란 행복을 안겨주는 선물이 된다는 사실을 이 세 분에게서 배웠다. 요즘 나는 식사 전에 수첩을 꺼내서 메모해둔 우스꽝스러운 이야기들을 기억해낸 다음, 식사 중에 동료들에게 들려준다. 그 작은 선물이 때로는 식당 전체를 한순간에 천상으로 들어 올리기도 한다.[16]

**추기(追記)**

김순옥 펠리치타 어머님은 2007년 9월 8일 96세로 선종하셨다. 39세에 납북된 남편과 생이별을 하시고 홀로 4남매를 힘들게 키우셨다. 언제나 맥주를 시원하게 잘 드시던 모습이 그립다.

# 어머니의 노래

2002년 가을, 아버지가 돌아가셨다. 그동안 전혀 돌아가셨다는 사실을 실감할 수 없었는데, 공적인 서류에 가족 사항을 기입할 때에야 비로소 돌아가셨다는 생각이 들었다. 예닐곱 칸이 넘는 가족란을 나는 달랑 한 칸만을 채우는 데 그쳤다.

'관계 – 모, 이름 – 이경희, …… 직업 – 없음.'

언젠가 그 한 칸마저 비게 될 거라고 생각하니 가슴이 저려왔다.

어머니의 노래를 처음 들은 것은 10년 전쯤 도쿄에서 유학하던 시절이었다. 어느 날 누군지 잘 모르는 분으로부터 비디오테이프가 담긴 조그만 소포를 받았다. 테이프에는 「KBS, TV는 사랑을 싣고—1994년 6월 21일 녹화」라고 적혀 있었다. 그때 나는 화면을 통해 처음으로 어머니의 노래를 들을 수 있었다. 아니, 어머니의 풍금 소리를 들을 수 있었다. 어머니는 46년 만에 경동국민학교 제36회 졸업생들과 만나 옛날의 그 교실에서 음악 수업을 하고 계셨다.

봄의 교향악이 울려 퍼지는 / 청라언덕 위에 백합 필 적에 / 나는 흰 나리꽃 향기 맡으며 / 너를 위해 노래 노래 부른다 (이은상 작사, 박태준 작곡).

건반 위에서 어머니의 손가락이 더듬거리며 간신히 노래를 따라가고 있었다. 나중에 어머니는 이렇게 말씀하셨다. "마음 같아서는 금방 할 것도 같았는데, 46년 동안 풍금을 손에서 놓고 지내서 그런지 실제로는 잘 되지 않더구나." 사실 나는 어머니가 풍금을 쳤으리라고는 상상조차 해본 적이 없었다. 어렸을 적, 풍금은 학교와 교회 그리고 부잣집에만 있는 악기였기 때문이다.

자그마한 키에 예쁘장한 얼굴, 해방 후 우리말을 하며 처음으로 맞이하였던 여자 담임선생님, 뻐꾹 왈츠에 맞춘 매스게임을 멋지게 연출하셨던 어머니는 지금 환갑을 훌쩍 넘긴 뚝섬 할머니들의 선생님이 되어 있었다.

아우구스티누스 성인은 "입과 목소리뿐만이 아니라 양심과 삶과 행동을 통해서 주님을 찬미하라"고 권한다. 어머니는 입으로는 그렇게 자주 노래를 부르지 않으셨다. 그러나 이미 세상을 떠난 남편과 큰아들 그리고 아직 철부지인 손자들을 위해 양심과 삶과 행동으로 노래를 부르셨다. 성인은 말한다.

> 우리의 귀는 사람들의 목소리를 듣지만, 하느님의 귀는 우리 마음의 박동 소리까지 듣습니다.[17]

2012년 가을, 어머니는 2007년부터 5년 동안이나 거주하던 고덕동의 한 양로원을 떠나 꽃동네 신내노인요양원으로 옮겨 가셔야 했다. 그때 나는 처음으로 양로원과 요양원의 차이를 알게 되었다. 한마디로 양로원은 남의 도움 없이 자신의 힘으로 생활하는 곳이며, 요양원은 타인의 도움을 받아야만 살아갈 수 있는 곳이다.

어머니는 2018년 올해 만 94세가 되셨지만 다행히 아직도 음식을 잘 드시고 율동도 그런대로 따라 하신다. 다만 주사를 맞을 때가 가장 큰 어려움이 따른다. 주사를 맞는 이유를 몰라서인지 아니면 아기들처럼 아픔만을 느껴서인지 어느 틈엔가 주삿바늘을 빼버리시곤 하는 바람에 손을 묶을 수밖에 없게 되는 것이다.

한번은 소변에서 피가 나와 방광경 검사를 해야 했는데, 고래고래 소리를 지르며 다리 벌리기를 한사코 거부하셔서 결국 검사를 포기하고 말았다. 일본에서는 치매 환자를 '인지증(認知症)' 환자라고 일컫는다. 지성은 사라져도 감성만은 그대로 남아 있는 것이 가장 큰 특징이기 때문이다. 어머니는 그곳이 병원이라는 것을 인지하시지는 못하나, 의사들 (뭇 남자들!) 앞에서 치부를 드러내 보인다는 것만은 결코 용납할 수 없는 부끄러움으로 느끼셨던 것이다.

지금 어머니는 걸어 다니실 수가 없어서 늘 휠체어에 앉아 계신다. 그리고 사람도 좀처럼 못 알아보신다. 당신께서 아기 때부터 20년 이상 키운 손자들은 물론이고 당신의 바로 아래 동생인 나의 이모조차 못 알아보신다. 양로원에 계실 때, 자꾸 머리가 이상하다고 하시기에 "엄마, 나중에 나를 못 알아보면 어떡하지?" 하고 묻자 "그러면 죽어야지" 하셨다. 그런데 요즘엔 정말 나를 못 알아보시는 것 같다. 자신의 아들이 머릿속으로는 김산춘이라는 것은 알고 있지만 정작 당신 눈앞에 앉아 있는 내가 그 김산춘이라는 것을 몰라보니 말이다.

당신 아들이 주례하는 미사 때도 내내 지난달 호 『매일 미사』만 들여다보고 계신다. 그러다가도 성체를 영하는 순간이면 만면에 미소를 지으며 내게 "뭐 맛있는 걸 줄라고?" 하신다. 그리고 성체를 영하면 "고맙습니다" 하신다. 그것이 '그리스도의 몸'이란 걸 잊으신 지 이미 오래되었다. 그래도 미사 중에 얌전히 계셔서 정말 다행이다. 예전에 양로원 야외 미사에서는 강론을 오래 하시는 신부님께 "이제 그만하세요"라고 했다가 퇴장당하시기도 했다 한다.

어머니는 이제 당신의 세례명이 모니카라는 것도 잊으셨다. 한번은 내가 세례명이 뭐냐고 묻자 "구니모토 후미코"라고 대답해 당황한 적이 있다. 일제 강점기 때 창씨개명했던 이름 같았다. 그래도 아직 당신의 이름 '이경희'만은 정확히 기억하고 계셔서 천만다행이다.

# 콥트교회 마을 방문

나는 2008년 1월 가톨릭여성연구원 대표인 최혜영 수녀님의 배려로 '이집트 문화유산 답사'를 다녀왔다. 두바이를 경유하여 카이로에 도착한 우리는 곧장 시나이산으로 향했다. 버스로 대여섯 시간에 걸쳐 사막을 관통하였다. 호텔에 도착하자마자 급히 샤워를 하던 내 룸메이트가 욕조에서 미끄러지면서 이마가 찢어지는 사고가 발생했지만, 다행히 그곳에 진료소가 있어서 곧바로 응급조치를 할 수 있었다.

다음 날 우리는 새벽 2시에 일어나 시나이산을 올랐다. 일출을 보기 위해서였다. 정말 시나이 바위산에 비치는 주황빛 아침 햇살은 신비로웠다. 모세가 이 산에서 하느님을 만났다는 사실이 진실로 믿겼다. 우리는 산을 내려와 성카타리나 수도원을 방문할 예정이었으나 동방정교회에서는 마침 그날이 성탄대축일인 관계로 수도원을 개방하지 않았다(우리 가톨릭교회에서는 공현대축일이었다). 그리하여 우리는 하는 수 없이 수도원 밖 노천에서 미사를 드렸다. 그곳에는 마산 교구에서 온 순례단도 있었다. 그들의 짐이 암스테르담공항에서 도착하지 않은 바람에 모두들 한밤중에 시나이산 추위를 견디지 못해 스웨터를 새로 사 입어야 했다. 게다가 미사 도구도 없어서 내가 가지고 간 휴대용 미사 도구로 함께 미사를 드렸다.

우리는 다시 카이로로 돌아와 야간 침대 열차편으로 아스완까지 내려갔다. 아부 심벨에서 람세스 2세의 동굴 대신전을 본 뒤에는 유람선을 타고 룩소르로 이동하여 제왕의 계곡을 둘러보았다. 배를 타고 나일강 상류에서 하류로 내려오면서 곳곳의 유적지를 둘러보는 크루즈 여행은 처음이었는데 생각보다 쾌적했다. 대개 잠자는 시간에 배가 이동하였기에 지루하지도 않았다. 우리는 룩소르에서 국내선을 타고 다시 카이로로 돌아와 기자의 피라미드와 스핑크스 등을 보았다.

카이로에서 가장 인상 깊었던 것은 콥트교회 신자들이 사는 마을을 방문한 일이었다. 그들은 이슬람교도가 아니기에 국가로부터 많은 차별을 받고 산다고 하였다. 변변한 직업을 가질 수 없는 그들은 쓰레기 퇴적장에서 고물을 주워다가 팔며 먹고살았다. 그래도 성당은 아주 깨끗했고 아름다운 성화로 장식되어 있었다. 그곳에 있는 한 꼬마에게 초콜릿을 주었는데 먹지를 않기에 왜 안 먹느냐고 물었더니 나중에 형하고 먹을 거라고 답했다. 커다란 눈망울만큼 착하디착한 천사였다.

카이로 시내에 있는 콥트미술관과 고대 문화의 중심지 알렉산드리아를 둘러보고 오지 못한 것이 가장 큰 아쉬움으로 남는다.

# 예수회의 최종 서원

2009년 4월 17일 서원식에 참석한 어느 수녀님은 서원자들이 "어린이 교육을 위해 특별히 헌신하겠습니다"라는 구절을 낭독하자 서원자들이 어느 초등학교로 파견되는지 궁금했다고 합니다. 서원문의 이 구절 속에는 화려한 활동을 하다 보면 잊기 쉬운 어린이를 포함한 무학자들의 교육, 이른바 교육에서 소외된 자를 걱정하는 사부 성 이냐시오의 배려가 담겨 있습니다.

서원문과는 좀 거리가 있지만, 대학에서 정식으로 근무한 지도 6년이 지나 올해 저는 전혀 안식하지 못하는 '연구년'을 보내고 있습니다. 강의 없이 지내다 보니 강의가 얼마나 스트레스였는지 새삼 깨닫게 됩니다. 말이 대학생이지 인간 성숙의 측면에서 보면 어린애나 다름없는 학생들 사이에서 참 많이 부대꼈나 봅니다. 취업을 앞둔 고학년 학생들만 학점에 매달려 있는 것이 아닙니다. 저학년도 타 전공 선택을 위해 목숨 걸고 학점에 매달립니다. 수업 내용보다도 시험 성적 때문에 사제 간에 옥신각신하는 풍경은 대학을 입시 학원처럼 초라하게 만듭니다. 더욱이 이제는 교수만이 학생을 평가하는 것이 아니라 학생들도 교수를 평가합니다. 사제 관계가 점수로 환산되고 있는 것입니다. 서로가 불쌍하다는 생각이 듭니다. 학부생들은 졸업논문도 쓰지 않기에 세부 전공별 세미나 지도도 받지 않습니다. 그저 돈 내고 학점이나 따는 학원인 것입니다.

다시 서원문의 구절을 되뇌어봅니다. "어린이 교육을 위해 특별히 헌신하겠습니다." 이 어린이 같은 대학생들을 위해 특별히 어떻게 헌신해야 할지가 저의 과제입니다. 그동안 심각하게 변한 가정환경과 갈팡질팡하는 교육제도 안에서 자라온 이 젊은이들을 위해 예수회 교육은 이념만이 아니라 실천적으로 어떻게 대응해야 하는지 고민하지 않을 수 없습니다. 괴테는 말했습니다. "빛이 드러나는 것은 혼탁의 저항을 만나서 자신을 소모하기 때문이다." 이념도 고경(苦境)에 빠지지 않으면 드러나지 않는다고 합니다.

또 하나의 구절은 "교황께서 저를 어떤 선교 사명에 파견하시든지 특별한 순명을 바칠 것을 약속합니다"입니다. 이제 만 51세에 고혈압으로 해롱거리는 저를 교황님께서 어딘가로 파견하실 리도 만무하지만(제3수련 피정 지도자이셨던 오골만 신부님은 75세에도 미얀마로 파견되셨으나, 그것은 그분의 탁월성에 기인한 것이므로), 선교지는 꼭 공간적인 장소를 의미하는 것이 아니라 일의 영역을 가리키기도 합니다. 1950년대에 과르디니 신부는 이미 새 선교 영역으로 영화를 언급한 적이 있는데, 저의 파견 영역은 미학(Aesthetics)이라는 학문 분야입니다. 근대에는 예술이 미이고 감성이었으나, 현대는 예술이 꼭 미인 것만도 아니고(아름답지 않은 예술), 감성이 아니라 개념이기도 합니다(개념 예술). 지금까지는 주로 예술미만을 다루었으나 앞으로는 다시 자연미나 인격미가 중요한 주제가 될 것입니다. 환경이나 인간에 관한 문제가 커졌기 때문입니다.[18]

예수회원은 다른 수도회와 달리 종신서원이 아니라 최종서원을 발한다. 다른 수도회 수도자들의 첫 서원이 유기(有期,

terminable)서원임에 반해 예수회원의 첫 서원은 무기(無期), 즉 영구(永久, perpetual)서원이기 때문이다. 그래서 다른 수도회 수도자들은 서품 전에 종신서원을 발하지만, 예수회원은 서품 후에 최종서원을 발한다. 최종서원은 장엄서원(the solemn vows) 혹은 제4서원이라고도 한다. 그것은 청빈, 정결, 순명의 단순서원(the simple vows) 외에도 예수회의 경우 '교황님께 대한 특별 순명서원'을 발하기 때문이다. 예수회에서는 장엄서원을 발한 사제를 '프로페스트(the professed)'라고 부르는데, 그야말로 예수회에 최종적으로 정식 입회한 자를 가리킨다. 초기에는 그 수가 몹시 제한적이었으나 현대에는 거의 모든 사제가 장엄서원을 발하다 최근 다시 그 허락이 엄격해졌다.

예수회원은 최종서원을 앞두고 보통 6개월 이상의 제3수련기(tertianship)를 가진다. 나는 학교에 근무하는 관계로 방학기간을 이용해 두 차례로 나누어서 제3수련을 하였다. 제3수련 중에도 첫 수련 때와 마찬가지로 회헌(會憲)을 공부하는 한편 30일간의 대피정이 있었다. 우리는 강원도 진부에 있는 피정집에서 수련을 하였다. 진부 피정집은 해발 800미터 고지에 있어서 모기도 없고 아주 시원했으나 물길이 나서 좀 습한 것이 흠이었다. 이듬해 8일간의 피정은 수원 말씀의집에서 하였다. 수련장이신 정일우 신부님이 병이 나는 바람에 오골만 신부님이 대신 지도를 하셨다. 알아듣기 쉬운 영어로 천천히 말씀하셔서 다행이었다. 필리핀에서 제3수련장을 역임한 베테랑이신 오골만 신부님은 말라리아 후유증으로 한 달에 하루는 누워 계셔야 한다고 했다. 그해 75세셨던 신부님은 로마 쿠리아(총원)에서 당신을 다시 미얀마로 파견했다며 정말 놀라시면서 믿을 수가 없다고 말씀하셨다. 예수회원에게는 일을 할 수 있는 한 은퇴란 없다는 것을 그때 알았다.

마지막 사목 실습은 충북 괴산 귀농촌에서 하였다. 토마토를 재배하는 비닐하우스 안에서 풀을 뽑다가 벌에 쏘여 잔뜩 부은 손등을 부여잡고 서울로 올라오던 일이 인상 깊게 남아 있다.

# 사랑인가 신의인가

로버트 볼트의 희곡 『사계절의 사나이』에서는 아버지 토머스 모어와 딸 마가렛이 다음과 같은 대화를 나눈다.

"아버지, 도대체 무슨 차이가 있나요? 맹세란 그저 말뿐이에요. 그들이 원하는 걸 말해주시고, 우리를 위해서 사셔야만 해요."

"그런데 얘야, 네가 만일 물컵을 들고 있다고 해보렴. 그것을 네가 쥐고 있는 한 그 물컵은 그대로 있지. 하지만 네가 그것을 놓는 순간 물컵은 땅에 떨어지고 말거야. 한 남자도 이와 같단다. 한 남자는 맹세 안에 자신을 쥐고 있지. 사람들은 의미도 없는 말을 함부로 내뱉지만, 내가 그렇게 할 수 없는 것은 너를 너무나도 사랑하기 때문이란다."

영국의 왕세자비 다이애나는 1997년 여름 파리에서 애인과 함께 끔찍한 교통사고로 죽었다. '세기의 결혼'이라고도 불릴 만큼 성대했던 한 왕실의 결혼은 치정 살인극이 아닐까 하는 의혹을 받으며 지극히 통속적으로 종말을 고했다. 온 세계의 주목을 받으며 부러움 가운데 출발하였던 왕실의 결혼 생활은 언제 어디서부터 파탄을 맞은 것일까?

가톨릭 신자로서 이혼을 경험한 적이 있는, 나의 가장 존경해 마지않는 선생님 가운데 한 분은 「사랑론」이라는 글에서 "서로의 사랑이 더 이상 성장하지 못하는 관계는 그만두는 게 낫다"라고 쓰셨다. 나는 그 문장을 읽으며 적지 않은 충격을 받았다. 부부생활을 해본 적이 없는 나로서는 참으로 이해하기 어려운 대목이지만 그에 비견할 만한 수도생활 스무 해를 앞두어서인지 어렴풋이나마 알 것도 같다.

내게 있어서도 서원이 깨질 뻔한 몇 번의 위기가 있었다. 그러나 돌이켜 보면 그때마다 하느님의 도우심과 나를 기억하고 계신 분들의 기도 덕분에 무사히 그 위기들을 넘길 수 있었던 것 같다. 나도 처음에는 하느님을 전심전령(全心全靈)으로 사랑하고 있다고 믿었다. 물론 그러하였기에 수도생활을 시작할 수 있었을 것이다. 그러나 살면 살수록 절실히 느끼는 것은 나는 그렇게 하느님을 사랑하고 있지 않은 죄인이라는 사실뿐이었다.

사실 수련 시절 초기에 이미 나는 이 사실에 절망했고, 따라서 언제든 때가 되면 수도생활을 중단할지도 모른다고 믿었다. 내 주위에서도 불안한 마음으로 나를 지켜보았을 것이다. 그러한 나를 하느님께서는 서원하도록 허락하셨고, 지금도 여전히 당신 손 안에 쥐고 계시다.

왜 하느님께서는 내가 당신을 온전히 사랑하지 못한다는 것을 아시면서도 나를 쥐고 계신 것일까? 내가 당신을 먼저 놓기 전까지는 당신께서 먼저 나를 놓지 않으신다는 신의를 지키시기 위해서일까? 아니면 토머스 모어의 말대로 나를 너무나도 사랑하시기 때문일까?

나는 요즘 하느님을 온전히 사랑하고 있다고는 고백하지 못한다. 그저 비어 있는 잔 같은 내 마음을, 처음 수도생활을 갈망하던 때의 그 순수한 사랑으로 하느님께서 다시 가득 채워주시기만을 기도할 뿐이다. 그렇기에 지금 비록 잔은 비어 있지만 나는 그 빈 잔을 꼭 붙들고 있다. 그것이 서원에 대한 나의 신의이다.

우리나라의 이혼율이 50퍼센트를 넘어 곧 세계 1위를 하게 되리라는 반갑지 않은 전망이 있다. 하긴 세속적인 삶의 정상(頂上)이라고도 할 수 있는 대통령도 취임식 때의 약속은 다 어디로 흩어버리고 1년도 못 되어 "못해먹겠다"고 하는 판이다. 그러나 대통령은 설령 못해먹을 지경이라도 끝까지 최선을 다해야만 한다. 그것이 자신이 취임식 때 국민들 앞에서 했던 선서에 대한 최소한의 신의이기 때문이다. 못해먹겠기는 부부들도 마찬가지일 터, 한 수도회와 한 대학의 일원으로서 살아가고 있는 나도 마찬가지이다.

얼마 전 동네 안산에서 내려오는 길에 한 노부부를 오랫동안 부러운 눈길로 바라본 적이 있다. 중풍으로 다리가 불편한 할머니를 할아버지가 부축해가며 내려가고 있었다.

오랜 세월이 물들인 그분들의 은발이 "삶은 신의다"라고 속삭이고 있었다. 그 노부부의 머리 너머로 보이는 한강에서는 눈부신 노을이 지고 있었다. 일출과 일몰이 그토록 아름다운 것은 하루도 거르는 일 없이 뜨고 지는 바로 그 신의 때문이 아닐까.[19]

# 외로운 것도 불편인가

2009년 11월, 이경성 관장님이 미국에서 선종하셨다. 그토록 덩치가 크신 분이 작은 유골함에 담겨 오신 것이 실감 나지 않았다. 선생님은 평소 가까이 지내던 이연수 모란미술관 관장의 배려로 모란공원에 모셔졌다.

내가 선생님을 처음 뵌 것은 일본 시즈오카현립미술관에서였다. 선생님은 내가 신부라는 것을 아시고는 먼저 자신을 프란치스코라고 소개하셨다. 국립현대미술관을 비롯해 올림

픽공원미술관 등에서 평생을 미술관장으로 계셨던 선생님을 모두들 관장님이라고 불렀다.

서울에서 뵈올 때에는 이미 사모님이 돌아가신 뒤여서 선생님의 자택 현관에 사모님의 영정이 놓여 있었다. 선생님은 항상 집 안으로 들어서기 전에 고인의 명복을 비셨다. 그러고는 우리에게 농담으로 “이러니 내가 연애를 못하지” 하며 웃으셨다. 따님이 미국에 있었기에 밤늦게 혼자 아파트로 돌아오실 때에는 무척 외로워하셨다. 혼자 주무시다가 돌아가실지도 모르는 일이어서 더욱 그랬던 것 같다. 그래서 나중에는 한 청년을 소개 받아 같이 지내시기도 하셨다. 그러다가 한동안은 안국동 한국병원의 한 병실에서 지내셨다. 간호사가 24시간 곁에 있으니 안심이 된다고 하셨다.

잘 걸으실 수 없게 되자 마지막은 평창동의 한 요양원에서 지내셨다. 선생님은 그곳에서 직접 그림을 그리셨다. 무료한 시간을 달래기 위함이었던 것 같다. 선생님은 마치 추상적 수묵화 같은 인간 군상만을 많이 그리시며 따님과 손녀가 많이 보고 싶다고도 하셨다. 한번은 조 신부님이 “선생님, 불편하신 데는 없으십니까?” 하고 묻자 “글쎄, 외로운 것도 불편인가?” 하셨다. 요양원 비용도 만만치 않아서 쌓인 작품들을 가지고 이태원의 한 양식당에서 자그마한 전시회를 연 적도 있다.

선생님은 내게 일본어로 된 아우구스티누스의 『고백록』이 있으면 빌려달라고 하셨다. 마침 내가 가지고 있었기에 빌려드렸는데 읽으셨는지는 모르겠다. 선생님은 그 책을 미국에 있는 따님 곁으로 가시기 전에 잊지 않고 내게 돌려주셨다.

서울에 계실 때 우리는 한 달에 한 번 식사 모임을 가졌다. 김남조 시인과 이춘만 조각가, 이연수 관장, 조요한 교수님, 조광호 신부님 등이 참석하셨다. 조요한 교수님도 사모님이 먼저 돌아가셔서 외로워 보였다. 사모님을 향한 그리움 때문인지 조요한 교수님도 2년 만에 돌아가시고 말았다. 나는 1981년 가을 학기에 홍대 미학과에 개설될 예정이었던 조요한 교수님의 미학사 강의를 유감스럽게도 들을 수 없었다. 군사정권에 의해 조요한 교수님이 해직 교수가 되셨기 때문이다. 그래서 늦게나마 다시 뵙게 된 것이 무척이나 반가웠는데 그나마도 이내 작별을 고하고 말았다. 나는 선생님이 남기신 역저 『한국미의 조명』을 이따금 수업용 교재로 쓰면서 그리움을 달랬다.

# 일본에서 받은 두 통의 편지

올 봄 학기부터 저는 안식년을 보내고 있습니다. (최근 명칭이 '연구년'으로 바뀌어 제대로 안식을 못하고 있습니다만…….) 그런데 때마침 안식년과 더불어 고혈압이 찾아와 정양(靜養)차 지난 3월 한 달을 도쿄에서 지냈습니다. 약이 잘 안 맞아서인지 어지러운 가운데 하루하루를 힘겹게 보내고 있던 어느 날, NHK 방송을 보다가 우연히 안젤라 아키라는 여자 가수의 「편지」라는 노래를 듣게 되었습니다. 그런데 그녀의 「편지」는 올해

NHK 방송국이 주최하는 중학생 합창 콩쿠르의 지정곡이기도 했습니다. 그래서 그녀는 합창대회를 준비하는 여러 중학교를 방문하며 학생들을 격려하였습니다. 「편지」는 수많은 사춘기 중학생들의 마음을 울리는 내용을 담고 있습니다. 학교에 나오지 않던 많은 학생들이 그 노래를 듣고 나서 학교로 다시 돌아왔다고도 합니다. 「편지」는 비단 중학생들뿐만 아니라 당시 힘든 시간을 보내고 있던 제게도 큰 위로를 주었기에 여러분들과도 다시 한 번 그 노래 가사를 나눠볼까 합니다.

**편지―열다섯 살의 너에게**

안녕하세요?
이 편지를 읽고 있는 당신은
어디서 무엇을 하고 있을까요?
열다섯 살 난 제게는 누구에게도
말할 수 없는 고민거리가 있답니다.
미래의 나 자신에게 보내는 편지라면
틀림없이 솔직하게 다 털어놓을 수 있을 거예요.
쓰러질 것 같고 눈물 날 것 같고 사라져버릴 것 같은 저는
누구의 말을 믿고 살아가면 좋을까요?
하나뿐인 이 가슴이 몇 번이고 부서져
괴로움 속에서 지금을 살아가고 있답니다.

안녕? 고마워.

열다섯 살인 너에게 전해주고 싶은 말이 있지.

나는 누구이며 어디로 향할지 계속 묻다 보면 보일 거야.

거친 청춘의 바다는 험난해도

내일이라는 바다로 꿈의 배를 저어가거라.

쓰러지지 마. 울지 마. 사라져버릴 것 같은 때는

자신의 음성을 믿고 걸어가면 된단다.

어른인 나도 상처 입고 잠들지 못하는 밤이 있지만

달콤쌉쌀한 지금을 살고 있단다.

삶의 모든 것에는 의미가 있단다.

그러니 두려워하지 말고 네 꿈을 키우렴.

Keep on believing!

쓰러질 것 같고 눈물 날 것 같고 사라져버릴 것 같은 저는

누구의 말을 믿고 살아가면 좋을까요?

아아 쓰러지지 마. 울지 마. 사라져버릴 것 같은 때는

자신의 음성을 믿고 걸어가면 된단다.

어느 시대도 슬픔을 피해 갈 수는 없지만

미소를 잃지 말고 지금을 살아가자꾸나.

안녕하세요?

이 편지를 읽고 있는 당신이 행복하길 빕니다.

올 여름 저는 또 한 통의 편지를 받았습니다. 홋카이도의 한 수녀원에 머물며 발표 논문을 준비하던 중이었습니다. 역시 어느 날 우연히 NHK방송에서 히구치 료이치라는 가수의 「편지」라는 같은 제목의 노래를 듣게 된 것입니다. 치매에 걸린 자신의 아버지를 직접 3년간 병구완한 적이 있는 히구치는, 원래의 가사를 정확히 알 수 없는 (포르투갈의 시라는 설도 있음) 노래에 자신의 경험을 덧붙여 작곡을 하였습니다. 그러고는 요즘도 치매 요양 시설을 찾아다니며 무료로 라이브 콘서트를 열고 있습니다. 노래를 듣는 첫 순간부터 불쑥 눈물이 흘러나왔습니다. 최근 치매 초기 증상을 보이는 제 어머니의 모습이 떠올랐기 때문입니다.

최근 일본에서 사회적 문제로 떠오른 것들 중에 '병구완 살인'이란 것이 있습니다. 치매나 중풍에 걸린 부모를 자식된 도리로 오랫동안 병구완하다, 결혼 시기나 직장을 놓쳐버린 자녀가 한계에 이르렀을 때 자기를 죽여달라고 말하는 부모를 죽이고 마는 사건입니다. 가족을 객관화하지 못하고 그 안에 갇혀버리기에 벌어지는 일입니다만 그저 안타까울 따름입니다. 지금 일본에는 100세가 넘은 노인 인구만 4만 명 이상이라고 합니다. 얼마 전까지는 75세 이상을 '후기 고령자'라고 부르며 별도의 의료보험을 적용했는데, 그 말이 무색해진 지금 정부는 또다시 보험 제도를 고쳐야 하는지 고민하고 있습니다. 이러한 현실은 남의 집 이야기가 아니고 우리에게도 이미 들이닥친 심각한 문제입니다.

히구치의 「편지」는 제게 어머니가 얼마나 저를 사랑하였는지를 다시금 깨닫게 해주었을 뿐만 아니라, 또 지금부터의 힘든 시간들을 제가 어떻게 의연히 맞이해야 할지도 가르쳐주었습니다. 한번 같이 음미해보시죠.

**편지—사랑하는 아이들에게**

어느 날 나이 든 내가
이제까지의 나와 달라져 있다 해도
부디 그대로의 나를 이해해주렴.
내가 옷 위에 음식을 흘려도,
구두끈 묶는 법을 잊어도,
네게 이런저런 것들을 가르쳤듯이 지켜보아주렴.
너와 이야기할 때 같은 말을 몇 번이고 되풀이하여도
그 말끝을 부디 막지 말고 고개를 끄덕여주렴.
네가 졸라서 거듭 읽어주었던
그림책의 따뜻한 결말은 언제나 같았어도

내 마음을 평안하게 해줬단다.

슬픈 일은 아니란다.

사라져가는 듯이 보이는 내 마음에 격려의 눈길을 보내다오.

잠시나마 즐거운 순간에 내가 무심코 속옷을 적시거나

욕조에 들어가려 하지 않을 때는 기억해주렴.

너를 쫓아다니며 몇 번이고 옷을 갈아입히고,

여러 가지 이유를 붙여

떼쓰던 너와 함께 욕탕에 들어갔던 정겨웠던 날들을.

슬픈 일은 아니란다.

여행 떠날 준비를 하고 있는 나에게

축복의 기도를 바쳐다오.

머잖아 이도 약해져 삼키는 것조차 할 수 없게 될지 몰라.

다리도 힘이 빠져 일어설 수조차 없게 되면

네가 연약한 다리로 일어서려고 내게 도움을 청했던 것처럼

비틀거리는 나를 부디 네 손으로 붙잡아다오.

내 모습을 보고 슬퍼하거나

스스로 무력감을 느끼지 않길 바란다.

너를 꼭 안아줄 수 없는 것은 가슴 아픈 일이지만

나를 이해하고 지지해줄 마음만 있으면 된단다.

분명 그것만으로도 내게는 용기가 솟는단다.

네 인생의 시작에 내가 곁에서 꼭 보살펴주었듯이

내 인생의 끝에 네가 잠시만 같이 있어주렴.

네가 태어남으로서 내가 누렸던 많은 기쁨과

너에 대한 변함없는 사랑의 미소로 대답하고 싶구나

나의 아이들에게,

사랑하는 아이들에게.[20]

# 4부

# 사랑으로 가득 찬 지성

# 미야모토 히사오 신부님

매년 정초에는 왜관분도수도원 피정집에서 교부학연구회가 열린다. 나는 교부학 전공자는 아니지만 학교에서 가끔 교부철학이란 과목을 개설할 때도 있어서 좀 더 깊이 배울 요량으로 회원으로 가입하였다. 내가 교부학에 관심을 가진 것은 박사논문을 심사해주신 도미니코회 미야모토 히사오 신부님을 만나면서부터이다. 당시 신부님은 도쿄대 고마바 캠퍼스 종합문화연구과 교수이셨는데, 가톨릭 사제가 국립대인 도쿄대의 교수가 된 것은 처음 있는 일이라고 하였다. 그래서 신부님은 학교에서 늘 자신을 '신부님'이 아니라 '선생님'이라고 부르게 하셨다. 그분의 연구실이 우리 예수회 자비에르 하우스 바로 뒤에 있었기 때문에 나는 종종 그분을 찾아뵐 수 있었다.

미야모토 신부님은 도쿄대에서 정년퇴직하신 후 조치대 신학부로 오셔서 더욱더 왕성한 연구 활동을 하셨다. 특히 공생학회(共生學會)와 동방그리스도교연구회를 만드신 일이 그러하다.

나는 미야모토 신부님이 주신 니사의 그레고리우스의 『아가 강해』를 통해 교부학 공부에 첫걸음을 내딛었고, 뒤이어 다른 동방 교부들에 관해 관심을 갖게 되었다. 아우구스티누스 등 서방 교부 연구에만 편중되어 있는 우리나라와 달리 일본의 학자들은 이미 동방으로 넘어가 있었다. 동방그리스도교연구회를 중심으로 『에이콘』이라는 학회지가 나오고 있으며, 특히 규슈대의 다니 류이치로 선생은 니사의 그레고리우스의 『모세의 생애』를 번역한 후, 『필로칼리아』의 공역과 함께 현대 서양어로도 번역되지 않은 막시무스 콘페소르의 『난문집』도 완역하였다. 나는 이러한 성과를 소개하기 위하여 몇 년 전 우리 교부학연구회에 다니 선생을 초청하기도 하였다.

교부학연구회는 지금 장인산 신부님을 회장으로 모시고 총무인 광주 가톨릭대학 총장 노성기 신부님, 실무 책임자인 하성수 박사님을 주축으로 『교부들의 성경 주해』를 번역하는 등 눈부신 활약을 펼치고 있다.

# 하느님을 품을 수 있는 인간

여러분 자신의 선(善)을 가장 확실히 지키는 길은 여러분이 다른 모든 피조물보다 얼마나 더 창조주에게 존귀하게 여겨지는지를 아는 것입니다. 창조주는 하늘도 달도 태양도 별의 아름다움조차도 그 밖의 어떤 피조물도 당신의 모습(eikon)을 따라 만들지 않았습니다. 오직 여러분만이 모든 이해를 초월하는 그 본성의 닮음, 썩지 않는 아름다움의 모습, 참된 신성(神性)의 각인(刻印), 복된 삶을 소유한 자, 그리고 참된 빛의 인장(印章)이 된 것입니다. 여러분은 그분을 바라봄으로서 그분처럼 될 것입니다. 여러분이 여러분 안에 빛나고 계신 그분을 닮을 때(2코린 4,6) 그분의 광선은 여러분의 정결함에 의해 반사될 것입니다.

그러기에 피조물 가운데 그 어떤 것도 여러분의 위대함과 견줄 만한 것은 없습니다. 하늘 전체는 하느님의 손에 쥐여 있고, 땅과 바다도 하느님의 손바닥 안에 있습니다. 비록 하느님께서 그렇게 일체의 피조물을 손안에 쥐고 계시지만, 여러분은 그분 전체를 여러분 안에 담을 수 있습니다. 하느님께서는 여러분 안에 사시며, 여러분의 본성 안으로 들어오셔도 결코 줄어드는 일이 없으십니다. 그분은 이렇게 말씀하십니다. "나는 그들 안에서 살며, 그들과 함께 걷는다(2코린 6,16)." 만일 여러분이 이 점을 생각한다면, 여러분은 이 지상의 어떤 것에도 눈을 멈추는 일이 없을 것이며, 하늘을 보고도 놀랍게 여기지 않을 것입니다.

오 인간이여, 어찌하여 하늘을 보고 감탄하는 것입니까? 그것은 지나가버리지만(마태 24,35), 여러분은 언제나 계시는 분과 함께 영원히 머무를 것입니다. 땅덩어리가 넓다고, 바다가 끝없이 펼쳐져 있다고 놀라지 마십시오. 여러분은 그토록 무한히 펼쳐진 지평선과 수평선을 마치 여러분의 뜻에 충실한 한 쌍의 젊은 말들처럼 여기고, 늘 자기 자신에게 정신

차려 달려가는 덕(德, aretē)의 기수(騎手)가 되십시오.

_ 니사의 그레고리우스, 『아가 강해』 2, 68－69

**[해설]**

4세기는 흔히 '교부들의 황금시대'라고 일컬어질 만큼 기라성 같은 교부들이 아시아와 아프리카의 밤하늘을 수놓고 있었습니다. 그 가운데서도 소아시아의 카파도키아 지방에는 더욱더 휘황하게 빛나는 세 별이 있었으니, 그들이 바로 카이사레아의 주교 바실리우스, 나지안주스의 주교 그레고리우스, 니사의 주교 그레고리우스입니다.

니사의 그레고리우스(335－395년경)는 젊었을 때에는 마치 청년 아우구스티누스처럼 수사학을 공부하며 세속적 출세를 꿈꾸던 청년이었습니다. 그러나 누나 마크리나와 형 바실리우스의 영적 감화를 깊이 받고, 또 벗 그레고리우스의 권면으로 수도 생활에 투신하게 됩니다.

그의 관상적 삶의 정화인 『아가 강해』는 이러한 수도적 교제의 소산으로, 형 바실리우스에 의해 조직된 수도 제도에 신비적 성격을 각인한 작품입니다. 이 작품은 특히 사순 시기에 사람들 사이에서 낭독되기도 했는데, 훗날 '지성적 신비주의'라고 불리는 영성의 커다란 흐름을 형성하는 데 결정적인 역할을 하게 됩니다.

옛날부터 오늘날에 이르기까지 많은 사람들이 구약성서의 「아가」에 빠져들어 깊이 사색하고 해석하며 그 신비를 살아왔습니다. 그 이유가 무엇일까요? 특히 오늘날처럼 마음이 메마르고 분열되어 있는 시대에 우리는 「아가」가 지니고 있는 '사랑의 언어'에 주목하지 않을 수 없을 것입니다. 「아가」의 표현은 실로 에로틱하여 전혀 종교적인 문서라고는 생각되지 않으나, 그레고리우스의 그 깊은 영적 해석을 읽어나가노라면, 사랑이 무한히 깊어져만 가는 하느님과 영혼 사이의, 그리스도와 교회 사이의 혼인의 즐거움을 구구절절 맛볼 수 있습니다.

앞서 읽은 본문은 그레고리우스의 전 15편의 강해 가운데 제2강해로서, 「아가」 제1장 8절(여인들 가운데 가장 아름다운 이여, 그대가 만일 모르고 있다면……)을 해석한 부분입니다. 그레고리우스는 여기서 진정한 '자기 앎(自己知)'의 두 길을 제시하고 있습니다. 하나는 자기를 자기가 아닌 것과 구별하여 아는 것이며, 다른 하나는 자신이 바로 '하느님의 모상(eikon)'임을 자각하는 것입니다. 오늘의 본문은 바로 이 후자에 관한 해석입니다.

그레고리우스에 의하면, 인간은 무엇보다도 하느님을 품을 수 있는 자입니다. 그리고 이 하느님의 모상은 그 원형(原型)과 닮은 것에만 그저 가만히 머무는 것이 아니라, 그 원형에 대해 끊임없이 자기를 개방하면서 닮아가는 동적인 존재입니다. 또 여기서 말하는 덕(aretē)이란, 단지 인륜의 문제가 아니라, 그의 또 다른 신비적 주저 『모세의 생애』의 부제(副題)가 말해주듯이, 그것은 하느님과의 사랑의 관계를 가리키는 말입니다. 영혼이 '사랑의 질서' 안에 흔들림 없이 뿌리를 내리며, 하느님과 그 사랑의 신비를 살아가는 삶 말입니다.[21]

# 사랑은 수고하고 무거운 짐 진 이들이 쉬는 곳

그리스도는 자신의 몸 즉 나귀에 타고 인간이 재난을 당한 곳으로 서둘러 가, 그 상처를 치유하고 인간을 자신의 나귀 위에 태웁니다. 그래서 인간에 대한 자신의 사랑을 쉴 곳으로 만드는 것입니다. 그 사랑 안에서 모든 수고하고 무거운 짐 진 이들이 쉴 수 있도록 말입니다(마태 11,28).

_ 니사의 그레고리우스, 『아가 강해』 14, 428

**[해설]**

올 여름 법정 스님의 오랜 베스트셀러 『무소유』를 처음 읽었습니다. 거기에는 「잊을 수 없는 사람」이라는 제목의 잊을 수 없는 이야기 하나가 들어 있습니다. 젊은 시절 법정 스님은 수연 스님이라는 분과 함께 결제(結制)에 들어간 적이 있었는데, 그만 도중에 몸살이 나 끙끙 앓아누웠습니다. 그런데 다음 날 새벽, 수연 스님이 어딘가를 가더니 밤늦게야 돌아와 약을 달여 가지고 방으로 들어왔습니다. 약을 받아먹으며 법정 스님은 크게 울고 말았습니다. 둘 다 가진 것이 한 푼도 없기에 수연 스님은 도반(道伴)을 위해 암자에서 수십 리를 걸어가 탁발을 하여 약을 사 가지고 다시 수십 리를 걸어오느라 그렇게 늦었던 것입니다. 그 잊을 수 없는 수연 스님의 특징을 법정 스님은 다음과 같이 간략히 요약하고 있습니다. "그는 맑은 시선과 조용한 미소와 따뜻한 손길과 말 없는 행동에 의해서 혼과 혼이 마주치는 것임을 몸소 보여주었다."

예수회의 하워드 그레이 신부님은 한 피정 강론에서, 교회는 착한 사마리아인처럼 먼저 이웃을 잘 살펴보아야 하고(관상적 차원), 깊이 공감하며(정서적 차원), 구체적으로 행동해야 한다(실천적 차원)고 말한 적이 있습니다.

또 도미니코회의 미야모토 히사오 신부님은 자신의 여러 저서에서, 인간 상호 간 및 성령과 함께하는 교회 협동태(協働

態)는 자폐적으로 고정된 실체 즉 공동체가 아니라, 스스로도 세계 내에서 이방인(사마리아인)처럼 끊임없이 역사의 한가운데를 여행하면서 다른 민족, 난민, 다른 문화 등 타자와 만나 화해하고 성장하는 개방태(開放態)이어야 함을 보여주어야 한다고 강조합니다. 교회는 그리스도의 자기 탈자(脫自)와 타자 환대(歡待)의 모습을 보여주며, 우리들도 그에 참여하도록 초대하고 있다는 것입니다.

우리는 「아가」 5장에서, 신랑의 몸 전체의 아름다움을 조목조목 찬미하는 신부의 대담하고도 능동적인 묘사를 읽습니다. 그 옛날에 남성의 신체가 여성에 의해 이렇게까지 적극적으로 표현된 노래가 또 어디 있을까 적잖이 놀라지 않을 수 없습니다. 그 마지막 16절에서 신부는 신랑에 대한 신체적 찬가 모두를 총괄하는 듯이 "바로 이런 분이 내 가까운 분"이라고 고백합니다. 그 '가까운 분'에 내포되어 있는 의미는 무엇일까요? 니사의 그레고리우스는 '착한 사마리아인의 비유(루카 10,30-35)'를 중첩시켜 관상하며 이를 구세사적(救世史的)으로 해석하고 있습니다.

"나에게 있어 이웃은 누구입니까?(루카 10,29)"

이에 대해서 말씀이신 그리스도는 비유를 들어 인간에 대한 사랑의 섭리의 전모를 제시합니다. 즉 인간의 천상계로부터의 하강, 도적들의 함정, 썩는 일이 없는 옷을 빼앗김. 거기에 덧붙여 죄로 인한 상처, 영혼이 불사에 머무른 채 죽음이 본성 한가운데까지 들어와버리는 것. 게다가 율법이 무익하게도 통과해버리는 것. 즉 사제도 레위인도 도적의 손에 떨어진 자의 타박상을 치유하지 않았다는 것. 그것은 수소나 숫염소의 피로는 죄를 제거할 수 없기 때문입니다(이사 1,11. 히브 9,12-13). (……) 그러므로 사람은 받아들여질 수 없는 분을 그 자신 안에 받아들여 환대합니다. 그리고 주님으로부터 두 데나리온을 받습니다. 그 율법학자도 대답했듯이, 하나는 온전한 영혼으로 하느님을 향해 있는 사랑이며, 또 다른 하나는 이웃에 대한, 자기 자신에 대한 것과 똑같은 사랑입니다(루카 10,27). 그러나 "율법을 듣는다고 하느님 앞에서 의로운 자가 되는 것이 아니라, 율법을 실천하는 자라야 의롭게 될 것(로마 2,13)"입니다. 그렇기에 이 두 가지 화폐(즉 하느님에 대한 믿음 및 인간에 대한 착한 양심)을 받기만 해서는 안 됩니다. 맡겨진 것을 성취하기 위해서는 몸소 행위해 무언가 협력을 해야만 합니다. 그렇기에 주님은 여관 주인을 향하여 이렇게 말씀하십니다. "재난을 만난 자의 치료에 관해서 그대가 부담한 몫은, 내가 다시 돌아올 때, 그대의 돌봄의 열의에 따라 지불될 것이다." 그리하여 그리스도는 인간에 대한 이와 같은 사랑을 통해서 우리에게 '가까운 분'이 되었습니다.

여관 주인이 착한 사마리아인에게서 데나리온 은화 두 닢을 받으며 더 필요한 돌봄을 부탁받았듯이, 교회도 하나님 사랑과 이웃 사랑이라는 은화 두 닢을 그리스도로부터 받아서, 우리에게 맡겨지는 타자를 환대(歡待)하는 것입니다.[22]

# 사랑의 부메랑

이제, 신부는 사수(射手)가 멋지게 그녀에게 화살을 쏘았으므로, 그 솜씨를 찬미하며 말한다. "나는 사랑의 중상(重傷)을 입었다(아가 2,5)"고. 그렇게 말함으로써 신부는 화살이 마음속 깊이 관통하였음을 가리키고 있다. 그 화살의 사수는 사랑이다(1요한 4,8). 사랑이신 하느님은 자신이 "뽑은 화살(이사 49,2)" 즉 외아들이신 하느님을, 세 갈래로 갈라진 화살촉 끝을 생명의 영으로 적시면서, 구원받을 사람들을 향해 쏘셨다. 화살촉은 믿음이다. 그리고 그 믿음에 의해, 화살만 이 아니라 동시에 사수도 함께 마음속으로 관통한다. 그것은 주님이 "아버지와 나는, 그에게 가서 그와 함께 살 것이다(요한 14,23)"라고 말씀하신 대로이다.

그러므로 신적인 동반에 의해 고양된 영혼은 중상을 입힌 사랑의 감미로운 화살을 자신 안에서 확인하면서, 그 중상을 자랑하고 싶어 "나는 사랑의 중상을 입었다"고 말한다. 오오, 아름다운 상처, 감미로운 중상이여! 그곳을 통해 생명은 들어왔도다. 화살의 관통이 마치 사랑을 위해 문을 연 것처럼. 신부가 사랑의 화살을 받아들이자마자, 장면은 이제 활쏘기에서 혼인의 즐거움으로 바뀐다. "그이는 왼팔로 내 머리를 받치고, 오른팔로는 나를 껴안는답니다(아가 2,6)". (……) 앞에서 우리는 신부가 표적이었다고 말했다. 그러나 이제 그녀는 자신이, 좌우의 손으로 활시위를 메기고 있는 사수의 손 안에서 화살이 되어 있는 모습을 본다……. 그분은 화살로서의 그녀를 선한 표적에로 향하게 하고, 신부로서 불멸의 영생에 참여하도록 끌어당기는 것이다.

_ 니사의 그레고리우스, 『아가 강해』 4, 127-129

**[해설]**

예수회 지원자 시절, 나는 처음으로 8일간의 영신 수련을 받았다. 그때 얼마 되지도 않은 자신의 과거를 되돌아보니, 내 영혼은 이미 갈가리 찢겨 있었다. 그야말로 아우구스티누스 성인이 "나의 무게는 나의 사랑, 어디로 이끌든지 그리로 내가 가나이다(고백록 13,9)"라고 하셨듯이, 허황되고 거짓된 사랑들이 나를 여기저기로 끌고 다니다가 팽개쳐버린 뒤였다. 나는 성인의 표현대로라면, '정신의 병'을 앓고 있었던 것이다(동 8,9).

피정 마지막 날 미사 때, 제대 뒤에는 예수 성심상이 있었다. 영성체 직전 예수님은 십자가라고 하는 사랑의 화살로 내 심장을 관통하셨다. "그래, 너의 죽음을 대신하여 내가 죽었다. 이제부터는 나의 사랑 안에서만 살아가거라."

이미 인간에 대한 사랑 때문에, 하느님의 자리를 박차고 나와 얼굴 없는 노예와 같은 인간이 되시어 십자가 위에서 돌아가신 분께서 또다시 나의 무덤 위에 세워진 십자가 위에서 돌아가신 것이다.

미사가 끝난 뒤, 나는 방으로 돌아와 한참을 울었다. 사랑이신 하느님을 처음 만난 감격 때문이었을까. 그것은 그 후 결코 돌이켜 본 적이 없는, 하느님을 따라가는 첫걸음이 되었다.

앞의 본문에서 「아가」의 신부는 사랑의 화살이 자신의 심장을 관통하자 "나는 사랑의 중상을 입었다"고 외친다. 놀라운 사실은 사랑의 화살을 쏜 사수인 하느님 자신이 화살(말씀)

과 함께 상처 구멍을 통해 신부의 몸 안으로 들어왔다는 것이다. 그리고 바로 그때 다시 한 번 놀라운 변화가 일어난다. 사랑의 중상을 입은 신부가 화살로 변한 것이다. 신부의 몸 안에서 또 한 번 육화한 말씀은 마치 두 팔로 사랑스런 신부를 안고 있는 신랑처럼, 이제는 사수가 되어 화살이 날아온 그 출발점(존재의 근거)을 과녁(존재의 목적) 삼아 신부를 쏘아 올리는 것이다.

「아가」의 전통적 해석은 하느님의 사랑에 관통된 인간이 자기를 초월하며 어디까지라도 하느님을 따라가는 것이 인간이 인간으로서 성립하는 길이라고 말한다. 그레고리우스 역시 하느님의 현존의 숨결에 닿아서 그 알 수 없는 분, 무한히 초월해 계신 분을 온 마음 온몸으로 사랑하며 따라갔던 애지자(愛智者, philosopher)였다.

우리 인생은 한마디로 '사랑 안에서의 만남'으로 성립한다. 우리가 하느님과 이웃을 아는 것은 오직 사랑 안에서만 가능하다. 사랑이 없으면 서로 스쳐 지나가거나, 서로 미워하거나, 적당히 둘러대며 겉핥기식으로 사귀거나 할 뿐이다.

「아가」의 신부처럼 우리 그리스도인도 그런 표층(表層)적인 만남이 아니라, 하느님과 이웃과 일기일회(一期一會, 일생에 단 한 번뿐인 만남)의 사랑을 살아야 할 것이다.

「아가」는 하느님과 이웃을 정열적인 사랑 안에서 만나지 못하는 이 단절과 소외의 시대에, 우리를 신랑이신 그리스도와 그 영에 의해 끊임없이 새롭게 태어나도록 초대하는 사랑 노래 중의 사랑 노래이다.[23]

# 우리는 어떤 식으로든 자기 자신의 어버이이다

교부들의 황금시대인 4세기, 카파도키아의 세 별 가운데에서도 가장 빛나는 별 니사의 그레고리우스는 만년에 탁월한 신비 사상의 두 정화인 『아가 강해』와 『모세의 생애』를 남겼다. 발타자르가 말한 대로, 니사의 그레고리우스는 스승 격인 오리게네스보다는 덜 다작했고, 친구 나지안주스의 그레고리우스보다는 덜 교양적이며, 형 바실리우스보다는 덜 실천적이다. 하지만 사유의 깊이만큼은 그 모두를 능가한다. 여기서는 특히 『모세의 생애』에 나오는 '아레테(德, aretē)' 개념을 통해 인간 본연의 자기 성립이 어떻게 이루어지는지를 살펴보자.

### 인간의 가변적인 자연 본성

「창세기」 1장은 인간의 자연 본성이 완결된 상태로 창조된 것이 아님을 보여주고 있다. 하느님께서는 세상을 하나하나 창조하시면서 언제나 "보시니 좋았다"라고 선언하셨으나, 사람을 창조하신 후에는 이 말씀이 없으셨다. 즉 인간은 자기 성립을 위해 무기점(無記点, indifference point) 위에 서 있는 것이다. 그리고 이 무기점은 인간의 자유를 전제로 한다.

> 모든 가변적인 것은 그대로 머무는 일 없이 항상 어떤 것에서 다른 어떤 것으로 변화한다. 그리고 그때 좀 더 선한 것으로든가 좀 더 악한 것으로 항상 생성·변화하는 것이다. (……) 오히려 그러한 생성, 탄생 자체는 자유로운 선택(proairesis)에 기초하는 것이다. 따라서 우리는 어떤 식으로든 자기 자신의 어버이인 것이다
>
> _니사의 그레고리우스, 『모세의 생애』 2, 2-3

만일 인간에게 이러한 자유의지가 없었다면 인간은 천사나 동물처럼 고정되고 완결된 자연 본성을 지녔을 것이다. 그

러나 다행히 인간에게는 자유의지가 주어져 하느님을 받아들이고 드러내는 장소가 될 수도 있었다. 그레고리우스는 인간이야말로 "하느님을 깃들일 수 있는 존재"라고 말함으로서 우리 인간을 최상의 희망으로 초대한다.

### 아레테의 모범인 모세

니사의 그레고리우스의 『모세의 생애』는 '완전한 삶'이란 무엇인가, 즉 아레테의 삶이란 무엇인가, 그러한 삶에는 어떻게 도달하는가를 모세의 생애를 추적하면서 해명한 것이다. 그래서 『모세의 생애』의 또 다른 제목은 '아레테에 대해서'이다.

우리는 『모세의 생애』에서 "실체적 동일성의 돌파" 혹은 "탈자적 사랑의 역동성"이라고 번역할 수 있는 에펙타시스(epektasis)의 개념과 대면한다. 『모세의 생애』에서 그레고리우스는 모세를 그 에펙타시스의 모범으로 제시한다.

> 모세는 위대한 자였지만 끊임없이 더 위대한 자가 되어갔다.
>
> _ 니사의 그레고리우스, 『모세의 생애』 2, 227

그는 "우리는 하느님을 닮으려는 무한한 노력에 의해 무한한 덕이신 하느님을 닮게 된다(2, 318)"고 말한다. 즉 인간의 선이란 무한한 하느님을 향해 계속 전진하는 것(필리 3,13)이다.

그레고리우스는 이러한 동적 구조를 가진 인간적 본성의 완전성을 아레테라고 불렀다. 그리스 사상의 정적인 '덕'의 개념이 에펙타시스에 의해 역동적인 덕이 된 것이다.

그레고리우스는 구약의 역사 기술에 기록된 모세의 생애 그 자체(제1부)를 인간적 자연 본성의 완성된 모습으로 읽고, 모든 사람이 그 경지에 이르도록 권유한다. 그리고 그는 모든 사람이 모세의 생애를 관상하면서(제2부), 그 아름다운 아레테의 모습을 자신의 삶 안에서 체현하기를 바랐던 것이다. 『모세의 생애』 결어(結語)에서 그레고리우스는 다음과 같이 말한다.

> 하느님의 사람아, 이러한 것들이 아레테에 따른 삶의 완전성에 관해 우리가 간결히 제시하는 바이다. 거기서는 그 위대한 모세의 삶이 미(美, kallos)의 제1의 범형(hypodeigma)으로서 받아들여졌다. 그것은 우리 각자가 모세의 삶의 발자취를 모방함으로서, 우리에게 미리 제시된 미의 형태를 자신 안에 각인해가기 위함이었다. (……) 그러므로 귀한 벗이여, 지금은 그대에게 있어서 저 삶의 범형을 주시하고, 역사 기술에 대해 보다 높은 영적 해석(anagōgē)을 통하여 관상된 것을 자기 자신의 삶 안으로 이입하면서, 하느님에 의해 알려지고, 또 하느님의 벗이 되어야 하는(philon genesthai theō) 때인 것이다.
>
> _ 니사의 그레고리우스, 『모세의 생애』 2, 319–320.[24]

# 너희는 멈추고* 내가 하느님임을 알아라

20세기에 가장 널리 읽힌 토미스트 철학자 중 하나인 요셉 피퍼는 전통적인 지혜를 탁월하게 현대의 문제들과 관련지어서 아주 명료하고 단순한 말들로 다시 언급해 명성을 얻었습니

* '멈추고'는 그리스어 성경 '셉츄아진트(Septuagint)' 시편 45,10에는 'scholasate'로 나온다. 'schole' 즉 '여가를 가져라'라는 뜻이다. 라틴어 성경 '불가타(Vulgata)'의 시편 45,11에는 '쉬어라(vacate)' 혹은 '그만두어라(desistite)'라고 나온다.

다. 오늘 우리가 살펴보고자 하는 여가(餘暇), 관상(觀想), 축제의 개념들도 그렇습니다.

아우구스티누스의 놀라운 통찰력 "오직 사랑하는 자만이 노래를 부른다"로부터 횔덜린의 고뇌에 찬 외침 "이 궁핍한 시대에 무엇을 위한 시인인가?"에 이르기까지 피퍼의 명료한 단 하나의 묵상은 이것입니다. "인간의 실존을 고양하고 풍요롭게 하는 것은 그 무엇이나 다 하느님과 세계를 긍정하는 관상이란 뿌리로부터 그 생명을 얻는다."

철학자는 존재의 거룩하고도 분명한 신비를, 그 신비의 의미를 관상하는 자입니다. 그러나 우리가 그 빛을 다 길어 올릴 수 없는 존재는 항상 우리가 붙잡을 수 있는 것 그 이상입니다. 그러므로 철학(愛智, philosophia)은 언제나 보다 큰 신비에 대한 동경으로 머물곤 합니다.

예수님께서 베드로에게 "네가 이 사람들이 나를 사랑하는 것보다 더 나를 사랑하느냐?(요한 21,15)"고 물으신 적이 있습니다. 사랑이야말로 절대적인 존재에 대한 최고의 통찰력이 열리는 유일한 자리였기 때문입니다.

피퍼는 이 사랑이 담긴 동경 안에서 철학을 하였습니다. 14개국어로 번역된 그의 50여 권에 이르는 저서들은 세계와 인간의 구원에 대한 하느님의 확실한 보증을 담은 소식들로서 우리에게 전해진 현대의 복음서입니다.

### 노동과 휴가와 여가

현대인들은 휴가를 즐기기 위해 열심히 일합니다. 밤늦게까지 택시를 모는 한 기사분더러 휴일에는 무엇을 하시냐고 물어보았습니다. 그러자 그분은 서해안의 어느 섬에 가서 낚시를 즐긴다고 대답하셨습니다. 지금 사회에서는 주5일 근무제가 노사분규의 쟁점이 되고 있습니다만, 문제는 그렇게 얻어지는 자유 시간을 어떻게 보내는가 하는 것입니다. 우리는 '휴일(holiday)'이란 말이 지닌 참 의미 즉 'holy day'라고 하는 그 내적 의미를 잃어버렸는지도 모릅니다.

휴가를 뜻하는 'Ferien'이라는 독일어 역시 본래는 '축제의 시간'을 가리킵니다. 아리스토텔레스는 『니코마코스 윤리학』에서 "우리는 여가를 갖기 위해 일한다"고 말합니다. 즉 일이 아닌 다른 것을 하기 위해 일한다는 말입니다. 여기서 일이 아닌 다른 것이란 피퍼에 의하면 '그 자체로 의미 있는 활동'을 말합니다. 노동은 그 자체로 의미 있는 활동이 아니라 다른 어떤 목적을 위한 활동입니다. 그러므로 예전에는 자유로운 활동(artes liberales)과 노예적 활동(artes serviles)을 구분하였습니다.

인간 실존을 위한 궁극적인 성취, 가장 깊은 만족을 가져다주는 그 자체로 의미 있는 활동이란 도대체 어떠한 것일까요? 플라톤은 『향연』에서 그의 통찰력을 다음과 같이 보여줍니다.

> 친애하는 소크라테스님, 사람은 아름다움 자체를 보기 때문에 사람으로서 사는 보람이 있는 것입니다. (……) 아름다움 그 자체를 볼 수 있다면, 즉 단 하나의 모습을 가진 신적인 아름다움 그 자체를 볼 수 있다면, 그 사람에게서 도대체 무엇이 일어나리라고 생각합니까? 사람 중에 누군가에게 죽지 않음이 허락된다면 바로 그 사람에게도 허락된다고는 생각하시지 않습니까?
>
> _ 플라톤, 『향연』 211d－212a

그 자체로 의미 있는 활동을 구성하는 것은 다름 아닌 세계의 궁극적인 토대와 원형들에 대한 관상(contemplation)입니다. 철학적인 성찰, 종교적인 명상, 그리고 예술의 창조와 감상 등이 이러한 관상의 활동입니다. 그 누구라도 꽃 한 송이나 한 사람의 얼굴을 바라보면서 창조의 신비를 감지할 수 있습니다. 그러나 여기에는 두 가지 선행 조건이 있습니다. 먼저 주의 깊은 침묵 안에서 모든 것을 선물로 받아들일 수 있는 열린 마음이 요청됩니다. 그리고 다음으로 더 중요한 것은 축제를 행할 수 있는 능력입니다. 축제를 행한다는 것은 세상이 알 수 없는 것임에도 불구하고, 심지어는 궁극적인 진리가 우리들의 눈물로 가리어져 있다 하더라도 그 궁극적인 진리를 기꺼이 받아들이는 것입니다. 자기를 둘러싸고 있는 근본적인 실재들과 하나 되어 있음을 표현하는 것이 곧 축제를 행하는 것입니다.

여기서 분명히 깨달을 수 있는 것은 신들이 없는 곳에는 축제가 있을 수 없다는 사실입니다. 아리스토텔레스가 "우리는 여가를 갖기 위해 일한다"고 말한 것은 사람이 그날그날의 빵만으로는 살 수 없는 존재라는 것을 일깨워줍니다.

### 여가와 관상

피퍼에 의하면 인간의 볼 수 있는 능력은 점점 더 쇠퇴해 가고 있습니다. 물론 육안의 이야기는 아닙니다. 실재를 있는 그대로 볼 수 있는 영적인 수용 능력의 이야기입니다. 그 이유는 여러 가지가 있을 수 있는데 (과로나 스트레스 등등) 그중 간과할 수 없는 한 가지 이유는 우리가 너무나 많은 것을 보고 있다는 사실입니다. 고대의 현인들은 눈의 탐욕을 '파괴자'라고 불렀습니다만, 피퍼는 이를 일컬어 '시각적 소음(visual noise)'이라고 합니다.

관상의 정의를 내리기는 쉬운 일은 아니나 그 직접적인 의미는 어떤 실재를 본다는 것입니다. 이 말을 처음 사용한 사람은 플라톤보다 100년가량 앞선 아낙사고라스입니다. 그는

"당신은 왜 태어났습니까?"라는 질문에 그저 "보기 위해서(eis theorian)"라고 대답하였습니다. 『인간 현상』을 쓴 테야르 드 샤르댕은 서문에서 주제와 무관해 보이는 좀 이상한 말을 합니다.

> 본다는 일. 인생의 모든 것은 여기에 있는 것이 아닐까. 본다는 것이 삶의 궁극이 아니면 적어도 삶의 본질이 된다고는 말할 수 있을 것이다. 보다 더 진화한다는 것은 보다 더 완전한 눈을 갖는 일일 것이다. 이것이 본서의 개요요 결론이다.

옛 신비가들은 사랑에 의해서 인도되는 눈이 더 잘 본다고 말합니다. "ubi amor, ibi oculus" 오직 사랑에 의해서만 봄의 새로운 차원이 열리기 때문입니다. 관상은 이와 같이 사랑으로 받아들임에 의해 촉진되는 시각을 가리킵니다. 피퍼는 이러한 봄은 두 가지 의미를 지니고 있다고 말합니다. 마치 첫 아기를 바라보는 신혼부부처럼 보는 가운데 기쁨이 넘치고, 보아도 보아도 더 보고 싶다는 동경이 그칠 줄 모른다는 것입니다.

인간은 내세에서만이 아니라 현세에서도 관상 안에서 지복직관(至福直觀, visio beatifica)의 대상을 흘끗 볼 수가 있습니다. 이 세상을 창조하신 하느님께서는 사물의 깊이로 향하고 있는 시선들 속에 자신의 현존을 계시하시기 때문입니다. 우리가 긍정과 사랑의 모든 힘을 사랑 공급받고 있는 저 무한하고 신적인 근원으로 향하기만 한다면 비록 순간적일지라도 관상은 점화될 것입니다. 즉 모든 존재의 신적인 토대가 사랑에 의해 점화된 눈길에 의해 보여지는 것, 이것을 우리는 관상이라고 부릅니다. 한 송이의 꽃에서도 주님의 아름다움을 알아볼 수 있었던 제라르 맨리 홉킨스는 이러한 지상적 관상을 내경(內景, inscape)이라고 불렀습니다. 모든 대상들은 그 깊이 안에 신적 기원의 표징을 담고 있습니다.

**여가와 축제**

횔덜린은 「빵과 포도주」에서 "이 궁핍한 시대에 무엇을 위한 시인인가?" 하고 묻습니다.

'이 궁핍한 시대'란 구체적으로 어떠한 시대입니까? 무엇이 궁핍하다는 말입니까? 횔덜린의 대답은 아주 분명합니다. 여기서 궁핍은 축제를 벌일 수 없다는 것을 뜻합니다. 축제를 벌이기 위해서는 무엇보다도 먼저 삶과 세계라는 실재가 온 마음으로 받아들여져야 합니다. 그리고 이 받아들여짐이 어느 특별한 시기에 예외적인 의식으로 표현되어야 합니다.

횔덜린은 제의적인 찬미와 신을 향한 예배에 대해서 말합니다. 그것들이야말로 인간이 실재를 받아들이는 최대치의 표현들이었으며 바로 축제 거행의 뿌리였기 때문입니다.

사르트르의 말처럼 "태어나고 존재하는 것이 부조리"라고 한다면 아무도 생일을 축하할 수 없을 것입니다. 어떤 축제든 받아들임의 자세로부터, 긍정과 사랑의 자세로부터 축제의 생명을 끌어옵니다. 이러한 자세가 없는 곳에는 축제도 노래도 없습니다. 오직 사랑만이 노래를 부를 수 있습니다(C'est l'amour qui chante). 플라톤은 이 제의적 축제를 『법률』에서 "신들이 마련해준 휴식"이라고 부릅니다.

> 우리 신들은 노고를 짊어지고 태어난 인간 종족을 불쌍히 여겨 그 노고로부터 휴식이 되도록 신들에게의 제례(祭禮)라고 하는 기분 전환을 제정해주었다. 게다가 또 신들은 무사이(Mousai)와 그 지휘자인 아폴론 및 디오니소스를 제례를 교정하는 목적을 겸한 동반자로서 내어줌과 아울러 그 신들과 함께 거행하는 제례에서 생겨나는 마음의 양식을 내어준 것이다.

그러므로 플라톤은 오직 신적인 예배를 거행함으로서 고양된 인간만이 노예의 형상을 벗는다고 합니다.

축제는 원초적인 축복에 대한 기억이자 미래에 충족될 것의 선취입니다. 피퍼는 이 둘을 일컬어 낙원(paradise)이라고 일컫습니다. 그것은 더럽혀지지 않은 원래의 실재와 죽음을 넘어선 영역이라고 하는 치유된 상태를 동시에 가리킵니다.

존재하는 모든 것은 어떤 식으로든 낙원의 흔적을 지니고 있습니다. 그리고 뮤즈의 자손인 모든 진정한 예술가들은 이 진리를 투명하게 만들 줄 압니다. 이 궁핍한 시대에 예술가의 임무는 예수님과 함께 십자가에 달렸던 한 죄수의 마지막 대화를 되풀이하는 일인지도 모릅니다.

> "예수님, 당신께서 왕이 되어 오실 때에 저를 꼭 기억하여주십시오."
> "오늘 네가 정녕 나와 함께 낙원에 들어가게 될 것이다."
>
> _ 루카 23,42–43[25]

# 안식년과 연구년

2013년 봄 학기에 나는 두 번째 안식년을 얻었다. 최근에는 안식년이라는 말 대신에 연구년이라고 하여 그 기간 중에도 연구 업적을 늘리도록 독려하는 추세다. 그러고 보면 '안식'이라는 말의 참뜻이 흐려진 것 같아 안타깝다. 안식일이 그냥 휴일이 아니라 하느님께 바쳐진 거룩한 날이듯이, 안식년도 그냥 쉰다기보다는 이른바 자신의 영적 쇄신을 위한 기간이기 때문이다. 그러나 연구년이라고 하면 그것은 다시 노동의 연속일

뿐인 것이다.

3월 초에는 일본 나가사키 앞바다에 있는 동백섬 가미고토를 다녀왔다. 고토는 박해 시대에 나가사키의 신자들이 도망가 살았던 '숨은 크리스천(가쿠레 기리시탄)'의 섬이다. 무려 50개의 성당이 데츠가와 요스케라는 뛰어난 고토 출신 건축가에 의해 지어졌는데, 대부분 바다를 낀 언덕에 세워져 더할 수 없이 예쁘다. 특별히 고토를 찾은 것은 바로 이 데츠가와 요스케라는 건축가가 지은 일군의 성당들을 보기 위함이었다. 본래 혼자 가려 했었는데, 그 기간에 율리에타 수녀님의 안내를 받기로 예정된 서울 교구 가톨릭 사진가회와 합류하였다.

데츠가와 요스케는 본래 불교 신자로 절과 신사를 짓는 목수였다. 그런데 파리 외방전교회 신부로부터 성당을 지어달라는 부탁을 받고, 성당 짓는 법을 배워 바닷가 이곳저곳에 작지만 아주 아름다운 성당들을 수십 개 지었다. 처음에는 목조였지만 나중에는 주로 벽돌로 지었다. 로마네스크와 고딕 양식을 일본화하는 데 성공한 성당들은 장식으로 동백꽃 문양을 취했다. 초봄이면 섬에는 동백꽃이 만발하여 가히 동백섬이라고 할 만하다. 동백꽃은 '겨울 장미'라고도 불리며 목이 잘린 채 통째로 떨어지기에 '순교자의 꽃'이라고도 불린다. 그래서인지 사무라이의 집에서는 동백나무를 심지 않았다고 한다.

나는 2017년 1월 도쿄에서 엔도 슈사쿠의 『침묵』을 원작으로 한 영화를 보았다. 영화의 주 무대는 고토섬이었다. 2월에 서강-조치 신학부 교수 교류 모임이 마침 나가사키에서 열리는 관계로 다시 고토섬을 찾게 되었다. 이번에는 일본팀의 주선으로 작은 배를 전세 내어 시모고토의 성당들도 처음으로 답사할 수 있었다.

무엇보다도 이번 나가사키 순례에서는 '26성인 기념관' 안마당에 안치된 최종태 교수님의 작품 「한일 순교자상」을 볼 수 있어서 기뻤다. 두 나라의 순교자들, 곧 조선인 복자(福者) 가이요와 일본인 디에고가 서로 손을 잡고 있는 모습을 보며 나는 말할 수 없는 커다란 위안을 느꼈다.

2013년 4월에는 터키·그리스 성지순례를 다녀왔다. 무엇보다도 나의 사부 니사의 그레고리우스의 고향인 카파도키아를 방문한다는 것만으로도 무척 기뻤다. 기암괴석의 동굴 수도원을 보는 것만으로도 이번 순례의 목적은 달성되었다. 그러나 이번 순례의 최종 목적은 역시 바오로 사도의 선교 여행지를 따라가는 것이었다. 터키는 철도보다는 버스 여행이 더 잘 어울리는 곳이었다. 로마제국 시절부터 모든 길을 로마로 향하여 잘 닦아놓은 덕분인 것 같았다. 사도의 고향인 타르수스에서부터 이스탄불을 거쳐 에페소, 아테네, 코린토스까지

가는 길 내내 신약성경을 몸으로 읽는 듯한 느낌이었다. 가장 인상 깊었던 장소는 요한묵시록에 나오는 라오디케이아 교회 유적지였다. 그곳이 왜 성서에서 말하듯(묵시 3,15) 차지도 덥지도 않은 미지근한 곳인지를 금방 알아차릴 수 있었다. 왼편에는 온천이 있고 오른편에는 설산(雪山)이 있었는데, 두 곳에서 흘러나오는 물이 이곳에 다다라 합쳐지니 미지근해질 수밖에 없었다. 순례를 다니며 느낀 한 가지 역설은 오히려 회교국가인 터키에서는 바오로 사도와 연고가 있는 성당에서 쉽게 미사를 드릴 수 있었으나, 정작 정교회의 나라인 그리스의 성당들에서는 가톨릭 미사를 드릴 수가 없었다는 점이다.

성지순례 후 5월 한 달은 로마에 머물렀다. 내가 로마를 떠난 것이 1992년 여름이니까 무려 21년 만에 다시 로마를 찾은 것이다. 나의 모교이기도 한 그레고리안대학 공동체를 숙소로 삼았다. 로마는 21년 전과 비교해 달라진 것이 하나도 없었다. 교황님이 요한 바오로 2세에서 베네딕도 16세로 그리고 다시 프란치스코로 바뀌었을 뿐이다. 대학 공동체에는 옛 선생님들도 몇 분 계셨는데 베커 신부님은 추기경이, 나다리아 신부님은 대주교가 되셨다. 그리고 섭리랄까. 내가 로마를 떠날 때 유일하게 들고 온 노트 두 권의 주인공, 미술사의 파이퍼 신부님, 얀센 신부님이 아직도 공동체에 계셨다.

나는 아침을 먹고 난 뒤, 로마에 있는 20개의 모자이크 성당을 찾아다니곤 했다. 그때는 이런 보물 성당들이 있는 줄도 몰랐다. 예를 들면 산타마리아마조레 바로 옆에는 산타푸덴치아나, 산타프라세데성당이 있는데 두 곳 다 기가 막히게 아름다운 초기 교회의 모자이크를 가지고 있었다. 콜로세오 가는 길 바로 옆에 있는 산티코스마에다미아노성당(Santi Cosma e Damiano)은 지나가다가 5분만 시간을 내면 그 보물을 볼 수 있었지만 아무도 들어오지 않았다. 덕분에 나는 혼자서 실컷 호사를 누렸다.

# 단테 「신곡」 공연

2013년 11월에는 국립극장에서 단테의 「신곡」 공연이 있었다. 연극을 전공하신 국문과 이상란 교수님의 주선으로 문학부 선생님들과 단체 관람을 하였다. 한편 5월에는 댄 브라운의 소설 『인페르노』 출판기념회가 피렌체에서 열렸는데, 우리나라에서는 문학수첩 출판사에서 번역 출판되었다. 그리고 늘 그랬듯이 2016년에는 영화로도 나왔다. 영화는 원작을 충실하게 반영한 듯이 보인다.

연극 「신곡」은 많은 부담을 안고 연출할 수밖에 없었다. 그래서인지 연옥편과 천국편의 묘사는 거의 없었다. 2014년의 공연에서는 이를 만회하려는 듯이 후반부에 천국을 암시하는 듯한 빛의 장면이 추가되었다.

나의 은사이신 이마미치 도모노부 선생님은 『단테 「신곡」 강의』라는 명저를 남기셨다. 학생 시절부터 매주 토요일마다 『신곡』을 50년 동안이나 공부하여, 마침내는 모리나가제과의 엔젤 재단이 주최하는 대중 강연회에서 15차례 강연을 하신 후 책으로 내신 것이다. 이 책은 이탈리아 문화원이 수여하는 제25회 마르코폴로상을 받았고, 다행히 우리말로도 번역이 되어 나도 학교에서 「신곡」 강의를 개설했다.

이마미치 선생님은 단테를 시인이기에 앞서 철학자로 연구하셨다. 그래서 『신곡』의 사상적 중심이 세계 미화(美化)로의 전 인류의 방향 전환을 기원하는 천국편에 있음을 강조하셨다. 『신곡』의 중심 가르침은 절망의 지옥편이 아니라 희망의 천국편에 있다는 말씀이었다.

『신곡』은 문인들뿐 아니라 많은 화가나 음악가들에게도 풍부한 영감을 준 고전이다. 화가 보티첼리, 블레이크, 도레 등은 『신곡』 100편 전부를 그렸다. 나는 예수회 후원회 소식지인 『이냐시오의 벗들』을 통해 한동안 주로 중세 사본 삽화가들의 그림을 소개하며 『신곡』의 일부를 해설한 적이 있다.

한번은 차이코프스키의 환상곡 「프란체스카 다 리미니」를 뜻밖에 예술의전당에서 상트페테르부르크 관현악단의 연주로 들은 적이 있었다. 지옥편 제5곡에 나오는, 단테를 실신시킬 정도로 슬픈 이 사랑의 이야기를 차이코프스키도 잊을 수 없었나 보다.

# 지옥문의 비명

나를 지나면 고통스런 도시로 들어선다.
나를 지나면 영원한 슬픔으로 들어선다.
나를 지나면 파멸한 족속들 사이로 들어선다.

정의는 내 지고하신 창조주를 움직여
천주의 권능과 최고의 지(上智)와
태초의 사랑으로 나를 만드셨다.

나보다 앞서 만들어진 것은 없다,
영원한 것 외에는. 나도 영원히 존속하리라.
여기 들어오는 너희 모든 희망을 버릴진저.

_ 단테, 『신곡』, 지옥 3,1-9

'지옥문의 비명(碑銘)'은 일인칭 화법으로 지옥 자체를 소개한다. 지옥이란 모든 희망이 사라진 곳, 즉 절대 절망의 장소이다. 이 세상에 살면서도 절망한다면, 우리 또한 쉽게 지옥문이 될 수 있다. 비참한 지옥으로 떨어지는 사람들 위에 있는 로댕의 「생각하는 사람」은 단테 자신임과 동시에 우리들 자신이기도 하다.[26]

# 방배동 살롱

방배동에는 피아니스트 신수정 선생님이 사신다. 화가인 동생 신수희 선생과 배순훈 전 정보통신부 장관이자 국립현대미술관 관장 부부는 2층에 살고 계시다. 언제부터인가 선생님 댁은 여러 분야의 명사들이 모여 담소를 나누는 살롱이 되었다. 설과 추석 명절은 물론이고 연주회가 있는 날 밤에도 종종 그러했다.

신수정 선생님은 이젠 연세가 있으신데도 손수 갖가지 음식을 마련하셔서 손님들을 대접하셨다. 쇼팽 콩쿠르에서 우승한 제자 조성진 씨가 초등학생일 때 선생님 댁에서 직접 만나본 적도 있다. 그 사이 돌아가신 분들도 계시다. 학교에서부터 함께 선생님 댁에 갔던 장영희 교수님, 그분의 차는 장애인용으로 개조한 것이었다. 그때 나는 손으로 브레이크를 잡는 차를 처음 타보았다. 그리고 늘 남자처럼 둔탁한 목소리로 '돌직구'를 날리던 화가 김점선 선생, 그녀는 그림을 손으로 그리는 것이 힘들어지자 컴퓨터로 작업을 하였다. 우리 사제관 공동체는 어느 가을날 가평으로 소풍을 갔다가 커피를 마시던 한 갤러리에서 그녀의 말 그림 두 점을 샀다. 지금 우리 사제관 식당 입구에 뜬금없이 말 그림 두 점이 걸려 있는 것은 그런 인연에서이다.

명절에는 자연스레 싱글들만 모였다. 단골이신 윤여정 선생님은 당신이 출연하신 영화 제목처럼 살롱에서는 '하녀'가 되셨다. 그분은 손님 가운데 유일하게 여전히 담배를 즐기셨고, 포도주는 꼭 백포도주 혹은 샴페인만 드셨다. 누군가 고혈압에는 백포도주가 좋다고 해서일까? 한번 물어보아야겠다. 김수철 형은 윤 선생님과 반대로 술도 담배도 완전히 끊은 모양이다. 형은 아주 잘 놀다가도 졸리면 소파에서 금방 잠이 드는 아이와도 같은 면모를 지녔다. 한편 형은 주로 영화 음악 작업을 한다고 했다. 언젠가 이 방배동 살롱에 한번 들르신 적

있는 고 이청준 선생님 원작의 영화 「서편제」의 음악도 작곡했다고 한다. 형은 최근에 음악 인생 40년을 정리한 『작은 거인 김수철의 음악 이야기』란 책을 펴내기도 했다. 그리고 자기는 저자 자신이 직접 쓴 자서전을 주로 읽는다고 하였다. 한번은 성 프란체스코 본인이 쓴 자서전이 있으면 구해달라고 하여 약간 놀란 적이 있다.

신수정 선생님은 매해 두 번 같은 레퍼토리로 정기 공연을 하시는데, 하나는 "이토록 아름다운 달" 5월에 연주하는 슈만의 「시인의 사랑」이고, 다른 하나는 12월 한 해의 끝자락에 연주하는 슈베르트의 「겨울 나그네」이다. 연주도 관람 풍경도 항상 거의 비슷하지만 한 해 한 해 연륜이 깊이 쌓여가는 느낌이다. 한번은 연주회장인 모차르트 홀에서 평론가 한상우 선생님을 뵌 적이 있다. 그분은 내가 고등학생일 때부터 즐겨 듣던 'MBC 클래식 FM'의 해설자로 활동하셨는데 직접 뵙게 되어 대단히 기뻤다. 선생님께 그런 말씀을 드렸더니 다양하게 연주한 「아베마리아」 모음곡과 「대니 보이」 모음곡 CD를 내게 보내주겠다고 약속하셨다. 그러다가 한동안 잊고 있었는데, 뜻밖에도 그 사이에 돌아가셨다는 소식을 접했다. 그런데 놀랍게도 나중에 사모님을 통해 약속대로 그 CD 두 장을 전해 받았다. 선생님은 가셨지만 그 자상한 배려에 깊은 감동을 받았다.

# 칼 바르트의 『볼프강 아마데우스 모차르트』

**2006년은 모차르트 탄생 250주년의 해**

언제부터인가 낮에 잠깐 눈을 붙이며 모차르트 곡을 듣는 습관이 생겼다. 호른 협주곡, 플루트 협주곡을 즐겨 듣다가 최근에는 「아베 베룸 코르푸스(거룩한 성체)」 등 성 음악을 주로 듣는다. 그것이 소위 '모차르트 효과'인지 매일 오후, 뇌는 푸른 하늘에 뜬 흰 구름이 된다. 일본에서는 올해 책보다도 모차르트의 CD 전집이 베스트셀러가 되었다고 한다. 노벨 물리학상을 받은 한 노교수도 자기는 아인슈타인보다 모차르트가 더 부럽다고 말한다. 모차르트는 언제나, 어디서나, 누구에게나 기쁨을 주기 때문이란다.

### 모차르트를 통한 두 신학자의 만남

내가 모차르트 음악에 지속적인 관심을 쏟기 시작한 것은 '20세기의 토마스 아퀴나스'라고 불린 한스 우르스 폰 발타자르(1905~1988)의 전기를 통해서였다. 그는 신학자이면서도 평생 모차르트의 전 작품을 가슴에 품고 살았다. 1987년 인스부르크에서 '모차르트상'을 받은 그에게 모차르트는 불변의 북극성이었으며 바흐나 슈베르트조차도 그 주위를 맴도는 대웅성, 소웅성에 불과하였다. 그런 그가 1940년대 바젤에서 프로테스탄트 신학의 거두 칼 바르트와 만난 것은 결코 우연만은 아닌 듯싶다. 매일 아침 만사 제쳐놓고 우선 모차르트를 듣고 나서야 자신의 교의신학에 몰두할 수 있었던 바르트의 대저서 『교회교의학』과 모차르트 음악 사이의 깊은 유사성을 처음으로 지적했던 것도 바로 발타자르였다.

### 모차르트, 그 특별함의 본질

바르트는 모차르트 탄생 200주년이 되던 1956년에 『볼프강 아마데우스 모차르트』라는 소책자를 출간하였다. 그해 1월

29일 바젤 음악당에서 열린 기념 축제에서의 인사말 '모차르트의 자유'를 포함하여 네 편의 단문이 실려 있는 이 소책자에서 바르트는 대신학자다운 예리한 지성과 감각으로 모차르트 음악의 본질을 들려준다.

먼저 바르트가 모차르트의 음악에서 듣는 것은 '놀이(Spielen)의 극치'이다. 그는 "우리의 일용할 양식에는 놀이도 포함되는데, 그 놀이는 모든 것들의 중심(Mitte)에 있는 어린아이다운 깨달음을 전제로 하고 있다"라고 말한다. 바르트는 되풀이하여 이 중심을 언급한다. 그것은 "대립되는 두 가지 삶의 측면에 존재하는 단호한 불균형과 그 빛나는 전환"이다.

> 모차르트의 중심 안에서 발생하는 것은 오히려 균형과 조화의 절묘한 전복, 일종의 전환(Wendung)입니다. 이 전환 속에서 빛은 증가하고, 그림자는 사라지지 않지만 줄어듭니다. 기쁨이 슬픔을 없애버리지는 않지만, 능가합니다. 긍정(Ja)이 부정(Nein)—여전히 존재하는—보다 강렬하게 울려 퍼집니다. (……) 우리는 「마술 피리」 끝부분에서 "태양의 눈부신 빛이 밤을 쫓아버린다"라는 노래를 듣습니다. 이 힘겨루기는 언제까지나 계속될 수 있고, 또 계속되어야 합니다. 혹은 처음부터 다시 시작될 수 있고 또 시작되어야 합니다. 그런데 그것은 어딘가 저 높은 혹은 깊은 곳에서 겨루는, 그

리고 이미 이긴 시합입니다. (……) 그토록 어둡고 무거운 분위기로 시작하는 「키리에」나 「미세레레」도 그 곡에서 탄원하는 자비가 오래전에 이미 베풀어졌다는 굳은 신뢰에 의해 지탱되고 있지 않습니까? "주의 이름으로 오시는 이여, 찬미 받으소서!" 모차르트의 곡에서 그분은 이미 오셨습니다. "우리에게 평화를 주소서!" 모차르트의 그 기도는 온갖 시련에도 불구하고, 이미 성취된 청원입니다.

이것이 모차르트가 그 위대한 자유 안에서 자신에게 주어진 놀이를 할 수 있었던 비밀이라고 바르트는 확언한다.[27]

5부

# 노고산에 핀 동백꽃

# 천진암 가르멜과 세라핌 수녀님

천진암 가르멜수녀원에 새로운 식구의 얼굴이 보입니다. 수유리 가르멜수녀원에서 입양되었다는 '밤돌이'라고 하는 강아지입니다.

늘 마당 한 켠 구석에 있는 자기 집에서 혼자 자야 하는 밤돌이는 아침 미사 후 루치아 자매가 목에 걸린 고리를 풀어주어야만 자유를 얻습니다. 하루는 제가 루치아 자매보다 먼저 가서 목에 걸린 고리가 아닌 개집에 달린 고리를 풀어주고 불렀더니, 밤돌이는 자기가 풀려 있는 줄도 모르고 제자리에서 만 껑충껑충 뛸 뿐 제게 달려오려고 하지 않았습니다. 그 바보 같은 모습에 루치아 자매와 저는 박장대소했습니다만 곧 밤돌이의 모습이 꼭 제 모습처럼 느껴져 그날 하루 종일 묵상거리가 되었습니다.

우리는 하느님께서 이 세상이라는 개집으로부터 이미 줄을 풀어주신 밤돌이인지도 모릅니다. 하지만 늘 습관처럼 감고 있는 목의 고리 때문에 자신이 이미 자유로워진 존재인 줄도 모르고 개집 주위만을 맴도는 어리석은 밤돌이로 살고 있지는 않은가 하는 것입니다. 자신이 묶여 있는 존재라고 고집하는 우리를 보시며 하느님께서는 얼마나 웃고 계실까요.

밤돌이와 낯을 익힌 저는 함께 뒷산 앵자봉까지 올랐습니다. 모든 개들이 그러하듯이 밤돌이도 초행길 길목마다 뒷발을 치켜들고 오줌을 찔끔찔끔 갈겨놓습니다. 무슨 놈의 오줌이 저렇게도 한없이 나오나 하는 생각도 들었지만, 자신의 위치를 수시로 표시해놓는 그 본능적인 동작에 생존의 진지함마저 느껴집니다. 등산객들이 길목 가지마다 매어놓은 빨간 리본들처럼 후각이 발달한 개들은 오줌으로써 자기의 행적을 표시합니다.

그날 저는 산을 내려오면서, 나는 얼마나 철저하게 지금 내가 가고 있는 길을 확인해가며 가고 있는가 하는 반성을 해

보았습니다. 어디를 가더라도 밤돌이처럼 정신을 똑바로 차리고 나의 길을 가야겠다고 다짐해봅니다.[28]

내가 천진암 가르멜수녀원과 처음 인연이 닿은 것은 로마에서 신학 공부를 할 때였다. 송봉모 신부님의 소개로 가르멜 회원의 시성식(諡聖式)에 참석하러 오신 강세라핌 수녀님을 만나고 나서부터이다. 그 이듬해 나는 서품을 받고 첫 미사를 드리러 천진암수녀원을 갔다. 당시의 원장님은 돌아가신 박데레사 말가리다 수녀님이셨다. 한번은 내가 일본에서 가지고 온 휴대용 헤어드라이어를 선물한 적이 있었다. 크기도 작고 소리도 그리 크지 않아 겨울에 머리 말리시라고 드렸더니 원장 수녀님이 씨익 웃으셨다. 일제라서 좋으신가 보다 생각했다. 그런데 그것이 아니었다. 부산 가르멜수녀원에는 이데레사 말가리다 수녀님(이해인 수녀님의 친언니이신 이인숙 수녀님)이 계셨다. 한번은 이 수녀님이 내게 수동 바리캉을 부탁하신 적이 있었다. 내가 웬 바리캉이냐고 물으니 가르멜 수녀들은 머리를 빡빡 깎는다고 하셔서 너무나도 놀랐다. 머릿수건 속이 빡빡머리라고 생각하니 우스운 한편 서글프기도 했다. 그제야 왜 박 원장 수녀님이 씨익 웃으셨는지 이해가 되었다. 드라이어로 말릴 머리카락이 없었기 때문이었다.

세라핌 수녀님은 봉쇄 수녀원의 외부 수녀님이셨다. 그래서 수녀원에 필요한 물자 조달과 은인들 방문 등으로 늘 시장이나 신자들 집을 다니셨다. 서울 교구청과 은인들 집에는 천진암 계곡물을 한 통씩 가져다주시기도 하셨다. 말년에는 고혈압과 당뇨, 심장병 등으로 입·퇴원을 반복하셨으나 거구에 식욕마저 좋으셔서 무엇이든 잘 드셨다. 내게는 가끔 죽는 것이 무섭다고도 하셨다. 수도자가 죽음이 무서운 까닭이 무얼까 싶었지만, 역시 죽음은 누구에게나 마지막 두려움인 것이다. 지금은 시대도 바뀌어 이젠 어느 봉쇄 수도원에도 이런 외부 수녀님이 안 계신 것이 조금은 섭섭하다.

# 서강 소피아 신학부 모임

서강대학교의 설립자는 물론 예수회이다. 그리고 한국 주교단의 요청으로 설립의 임무를 처음으로 수행한 예수회원은 게페르트 신부님이다. 독일인인 게페르트 신부님은 예수회 일본 관구 소속이셨고, 도쿄 조치대 경제학부 교수로 계셨다. 학교 본관 앞에는 제법 커다란 그분의 동상이 서 있다. 조각가 박충흠 선생의 작품이다.

이렇듯 서강대는 그 시작부터 조치대와 인연을 같이했다.

양교의 스포츠 정기전도 여러 차례 열렸으며, 신부들이 주축을 이루는 신학부 간의 교류도 10년 전부터 이미 시작되어 서울과 도쿄뿐만 아니라 전국을 돌며 교류를 가졌다.

함께 오키나와의 미군기지 건설 현장을 답사하고 나면, 그다음 해에는 해군기지 건설로 시끄러운 제주 강정마을을 답사하는 식이다. 아스카, 나라, 오사카(이쿠노)를 함께 간 것은 그곳이 한반도에서 온 도래인(渡來人)들의 땅이었기 때문이다. 그러고 나서 그다음 해에는 해인사, 불국사, 통도사 등 한국 전통 사찰을 방문하였다. 나가사키 고토 순례를 통해 일본의 그리스도교 박해 시대를 공부하였다면, 다음 해에는 전주 한옥마을에 숙소를 정하고 주변 순교 성지를 순례하였다.

이 모임에서 다리 역할을 하는 사람은 구정모 신부였다. 이제 구 신부는 일본 관구 소속이며, 조치대의 유일한 한국인 정교수이기도 하다. 과거에는 독일, 스페인, 미국, 아르헨티나 회원들이 조치대에 선교사로 파견되었으나, 지금은 인도 회원들이 그 뒤를 잇고 있다. 사실 가장 가까운 한국에서 많은 회원들이 일본 선교사로 파견되기를 바라지만 현실은 그렇지 못하다. 한국은 관구로 독립하면서 캄보디아를 선교 지역으로 정했기 때문이다. 그리고 지금 캄보디아에 새 대학을 설립 중이다. 언젠가는 새로이 탄생할 캄보디아 예수회 대학과 서강대와의 교류도 생길 것이다.

# 이스라엘 성지 순례

2011년 8월, 한국가톨릭문인회 회원들과 함께 이스라엘 성지 순례를 다녀왔다. 무엇보다도 친형제자매 같은 조광호 신부님, 이해인 수녀님과 오랜만에 함께할 수 있어서 더욱 기뻤다.

예수님이 탄생하신 베들레헴을 다시 떠올리면 마음이 아프다. 예루살렘 외곽에 위치한 그곳은 현재 팔레스타인 사람들의 거주 지역으로 여전히 가난하다. 예루살렘으로 들어오지 못하게 둘러친 장벽은 참담한 현실을 보여준다. 베들레헴에서 예루살렘으로 들어오는 차량 번호판은 색깔조차 다르다.

주님무덤성당에서 미사를 드리는 와중에 갑자기 울컥하며 눈물이 나왔다. 그동안 사제로서 엉망으로 살아왔다는 후회 때문이었을까? 그래도 무덤성당을 지키는 한국 프란치스코회 신부님이 주신 나르드 향유는 정말로 향기로웠다.

우리는 자캐오나무가 있는 예리코를 거쳐 사해로 갔다. 사해는 정말 소금물이라서 그런지 몸이 둥실둥실 떴다. 머드 찜질로 유명한 사해의 진흙 성분이 들어 있는 발 크림은 효과 만점이었다. 요르단강을 따라 사막을 통과하여 갈릴래아로 들어서자 죽음의 땅에서 생명의 땅으로 옮겨 온 느낌이었다. 갈릴래아에는 바다 같은 호수가 있고, 주변이 온통 초록색이었다. 호숫가에서 바라본 일출은 마치 부활의 아침을 맞는 듯 장관이었다. 예수님께서 예루살렘에서 돌아가시고서 부활하신 후에 제자들에게 갈릴래아로 가라고 하신 이유를 알 것 같았다.

타볼산에서 내려오는 길 버스 안에서 해인 수녀님이 우스개 퀴즈를 냈다. "베드로가 산 위에서 초막 셋을 짓겠다고 하자 예수님이 왜 얼른 내려가자고 하였는지 아세요?" 정답은 예수님이 목수였기 때문이라는 것이다. 모두들 한바탕 크게 웃었다. 여행 중에는 육체적 피로와 정신적 지루함을 달래줄 이런 유머들이 필요하다. 수녀님의 타고난 유머가 많은 팬을 얻는 데 한몫했음이 틀림없다.

# 김종철 시인

2014년 3월부터 한국가톨릭문인회 담당 사제를 맡게 되었다. 거의 20년을 문인회와 함께해오신 조광호 신부님의 후임자가 되기에 나는 문학 세계로부터 너무 멀리 떨어져 있었다. 적임자가 아니라는 생각에 고사하려고도 했으나, 다시 한 번 그리스도교 예술(문학)이란 참으로 무엇인가를 생각해볼 기회를 갖기로 하였다.

문인회는 1970년 '한국가톨릭문우회'로 발족하였다고 한다. 사실 문인회라는 명칭보다는 문우회라는 명칭이 더 마음에 든다. 논어에도 "이문회우 이우보인(以文會友 以友輔仁)"이란 멋있는 말이 있다.

무엇보다도 고 김종철 시인과의 짧은 만남이 아쉽게만 느껴진다. 가톨릭문인회를 통해 멋진 꿈을 펼치려던 그를 하느님께서는 어찌 췌장암이란 거스를 수 없는 질병을 통해 그리도 빨리 데려가셨는지. 그는 자신의 시집 제목처럼 시라는 못을 이 세상에 박기 위해서 태어난 '못의 시인'이었다. 지금도 살아 있을 때처럼 하늘나라에서 호탕하게 웃고 있을까.

그가 도쿄에서 치료를 받고 있을 때 나는 다음과 같은 내용으로 문자메시지를 보낸 적이 있다.

아침 산보가 좋음.
상지대(上智大) 둑길 따라
이냐시오성당 요츠야역 이치가야역
이이다바시역까지 야스쿠니 신사도 가깝지만
왕복 시간에 요츠야 사거리
돈보스코 서점 옆 골목
와카바(若葉)라는 다이야키(鯛焼き) 가게에서
붕어빵 사드시면 금방 쾌유될 것임.

그는 붕어빵집 찾기가 힘이 들었는지 결국 붕어빵을 사먹지 못한 채 2014년 7월 초 세상을 떠났다. 그래도 천생 시인답게 이 메시지는 「산춘 기도문」이라는 제목을 달고 그의 시의 일부가 되었다. 시는 이렇게 이어진다.

산춘 신부에게 온 문자메시지
저승길은 아무래도 침침한 눈과
먹은 귀가 먼저 당도하는 법
"덕분에 말씀의 붕어빵 잘 먹었음"
화살기도만 쏘았다.

달마다 벚꽃 지는 소피아 둑길
생의 붕어빵 낚는 어부들이
뜰채망에 누군가를 담고 있었다.

이 시는 「생명의 빵」이라고 하는 자작시 해설과 함께 조선닷컴에 처음 실렸다. 해설에는 그의 기적 같은 치유를 빌던 나의 바람과 투병 기간을 성숙한 신앙 안에서 받아들이던 그의 모습이 잘 드러나 있다.

붕어빵 하나로 암을 치료할 수 있는 것은 아니지만, 소소한 행복감은 어떤 병이라도 이겨낼 수 있는 용기를 줍니다. 어쩌면 하느님의 말씀을 따르는 사제인 김산춘 신부님은 최후의 만찬을 통해 제자들과 빵을 나눠 드시며 그들의 두려움을 가라앉게 했던 예수님에게서 힌트를 얻었을지도 모릅니다……. 산춘 신부님이 축복을 빌어주었기 때문에 나는 병을 쉽게 이겨낼 수 있었던 것 같습니다. 나도 그에게 마음속의 용기와 기쁨을 전하고 싶었기에 '말씀의 붕어빵 잘 먹었음'이라고 화살기도를 보냈습니다. 실제로 붕어빵을 먹지는 않았지만, 제가 보낸 화살기도도 일종의 '먹방'이 아닌가 싶습니다. 나를 친밀하게 여긴 만큼 그도 마음 아팠을 것입니다. 그래서 나도 마음속 정(情)을 떼어준 것입니다. 말씀의 붕어빵은 또 하나의 삶을 얻게 해주었습니다. 마치 꽃 진 자리에 새 잎사귀가 돋아나듯, 뜰채망에 담긴 새 삶이 자라난 것입니다. 나는 남은 생을 사는 동안 시와 기도를 통해 많은 이들에게 말씀의 붕어빵을 나눠주고 싶습니다.[29]

# 성녀 루치아의 기적

돌이켜 보면 나는 1년에 한두 번은 꼭 병원 신세를 진다. 사제관에는 평생 병원에 가본 적이 없다는 한 신부님이 계신데, 나는 병원에 안 가본 해가 한 해도 없는 것 같다. 2007년에는 코뼈가 휘어서 이비인후과 수술을 한 적이 있고, 2015년 5월에는 신장에 결석이 생겨 비뇨기과를 찾았다. 이상하게 자꾸 옆구리가 아파왔던 것이다.

30년 전에도 요로 결석이 한 번 있었다. 뾰족뾰족한 작은 돌조각이 오줌줄을 긁어서 피가 나는 통에 너무 아파서 잠을 이루지 못하고 결국 응급실로 향했다. 방광경 검사를 하던 중 우연히 돌조각이 빠져나와 무척이나 재수가 좋았는데, 이번에는 그렇지 않았다. 그래서 체외충격파로 돌조각을 잘게 부수어 내보내는 시술을 하였다. 두 주에 한 번씩 두세 번 한 것 같다. 하여간 돌은 두 번에 걸쳐서 몸 밖으로 나왔다. 왜 몸 안에 돌이 생기는 것일까? 녹차를 매일 마셔서 그런 걸까? 아니면 평소에 물을 많이 마시질 않아서 그런 걸까? 아니면 조깅을 하지 않아서일까? 이유는 알 수 없지만 신장 기능이 원활하지 못한 것만은 분명하다.

2016년 10월에는 하지정맥류 수술도 했다. 오른쪽 다리에 혈관이 좀 튀어나와 있어, 어떤 상태인지 알아보러 갔다가 양쪽 다리의 혈액이 역류하고 있다는 진단을 받았다. 그래서 다리에 쥐가 자주 났던 것일까? 하여간 한두 주면 완치될 줄 알았는데, 결국 압박 스타킹을 10월 한 달 내내 신고 있어야만 했다.

잊을 수 없는 일이 또 있다. 2014년 12월에 책을 보다가 갑자기 글자가 흐려져 안경 도수가 안 맞는 줄 알고 안경점에 갔더니 도수는 변함이 없다고 했다. 이상하다 싶어 여의도 성모병원 안과를 찾아가 검사한 결과, 망막에 구멍이 생긴 '황반변성'이란 진단을 받았다. 그런데 그다음 주 수술을 하려고 다시 동공을 확대하여 검사를 해보니 기적같이 그 구멍이 메워져 있었다. 의사 선생님도 놀라시며 100명 중에 한 명 꼴로 일어나는 자연 치유가 내게 일어난 것이라고 하셨다. 역시 성직자는 다르다고 하면서 의사 선생님은 자신도 냉담을 풀고 다시 회개해야겠다고 하였다. 농담 반 진담 반이었다.

우연이긴 하지만 그날은 12월 13일 성녀 루치아 축일이었다. 단테도 눈병을 앓을 때마다 피렌체에 있는 성녀루치아성당에 가서 기도를 드린 바 있듯 루치아 성녀는 눈의 수호 성녀이다. 눈알이 뽑히며 순교하신 분이기 때문이다. 또 그 전날은 과달루페 성모님의 축일이었다. 『신곡』에 보면 성모님이 단테를 구원하기 위해 루치아 성녀에게 부탁하신 적이 있듯, 나를 위해서도 꼭 과달루페 성모님이 루치아 성녀에게 부탁을 하신 것만 같은 생각이 들었다.

사람은 이 세상에 "보기 위해서" 태어났다고 말한 철학자가 있지 않은가. 그러기에 본다는 것은 사람이 살아 있다는 증거이다. 또 인간의 최종 목표 역시 마지막 날 하느님을 뵙는 것이다. 인간에게 눈이 두 개 달린 까닭은 하나로는 사람을 보기 위함이고, 다른 하나로는 하느님을 보기 위함이다.

# 최종태 선생님의 조각

2015년 9월 1일부터 석 달간 과천 국립현대미술관에서는 조각가 최종태 선생의 생애 전 작품을 망라한 대규모 회고전이 열렸다. 나는 몇 달 전부터 도록에 수록될 글을 부탁받은 터였다. 처음에는 미술 평론가도 아니었기에 고사하였으나, 선생님의 저작들을 읽어가면서 예술과 종교의 관계에 관한 개념을 다시 정리하고픈 생각이 들기도 해서 써보겠다고 하였다.

선생님 댁은 서강대에서 그리 멀지 않은 홍대입구역 건너편 연남동 주택가 골목 안에 있었는데 초행길이라 찾기가 그리 쉽지는 않았다. 아래층에는 선생님의 작업실 겸 작품 보관소가 있었다. 선생님은 구수한 충청도 억양으로 말씀을 재밌게 하시는 데다 글솜씨도 좋으셔서 전달하시는 내용들이 머리에 쏙쏙 들어왔다.

나는 선생님을 찾아뵙기 전 미리 몇 군데 작품 소재지를 둘러보기로 하였다. 주로 「십자가의 길」과 「성모자상」이 있는 곳들로, 주변 가까이에 있지만 평소에는 눈여겨보지 않던 곳들이었다. 제일 먼저 간 곳은 동부이촌동 한강성당이었다. 한강성당에는 선생님의 초기 교회 조각들이 있다. 「십자가의 길」도 아주 소박하다 싶을 정도로 단순하였다. 나중에 우연히 보게 된 것이지만, 한강성당 지붕에 있던 '성 김대건 안드레아상'이 땅으로 내려져 있었다. 그 이유가 궁금해 사연을 물어보니, 본래 땅에 있던 것을 어떤 외부인이 일부분을 훼손시킨 뒤로 다시는 그런 일이 없도록 지붕으로 올려놓았던 것을 한참 지난 후 다시 원래의 자리로 되돌린 것이다.

선생님은 연희동성당 소속 신자이기도 하셔서 연희동성당에도 「십자가의 길」과 「성모자상」이 있다. 그러나 역시 가장 무르익은 것은 명동성당의 「십자가의 길」인 것 같다. 명동성당의 「예수상」은 예전에는 오르막길 바로 위에 있어서 잘 볼 수 있었으나, 조경 공사 후 지금은 한 부속 건물 앞에 놓여 있어 지나치기 십상이다. 작품도 작품이지만 작품이 어디에 놓이느냐에 따라 작품에 대한 값어치도 달라질 수밖에 없다. 명동성당 바로 옆 샬트르성바오로수녀회 안에는 브론즈와 함께 화강석에 새겨진 「십자가의 길」을 볼 수 있다. 같은 주제라도 재료에 따라 전해지는 인상도 퍽 다르다.

성북동 길상사에는 내가 '성모관음상'이라 부르는 그 유명한 「관음보살상」이 있다. 천주교 신자가 만든 불교 조각상이라 천주교 신자들은 성모님처럼 느끼고, 불교 신자들은 관음보살상으로 여기는 불상인데, 나는 일본 나라(奈良)의 호류지(法隆寺)에 있는 「백제 관음」에 더 가깝다는 인상을 받았다.

# 알프스 수도원 순례

2016년 11월 나는 우리 예수회 후원회원들과 함께 알프스 수도원 순례를 다녀왔다. 마침 가을 학기가 안식년(연구년)이라 가능했다.

첫 기착지는 체코 프라하였다. 현지 가이드는 개신교 신자임에도 불구하고 우리 일행이 예수회 후원회원이라 그랬는지, 시내에 있는 옛 예수회 대학과 성당 등도 안내해주었다. 공산주의 정권이 들어선 이후 예수회는 사라졌지만 지금은 다시 살아나고 있다. 일본 조치대에서 철학을 가르치시던 아름부르스터 신부님도 원래 체코 출신이라 70세에 정년 퇴임하셨으나 예수회의 요청에 따라 지금은 모국인 체코로 돌아와 후학을 양성하고 계신다. 성당들은 미사 전례보다는 대부분 콘서트홀로 사용 중인 것 같았다.

이번에 오스트리아 잘츠부르크와 독일 알퇴팅에서 검은 성모님을 만난 것은 뜻밖의 행운이었다. 나는 한동안 주로 프랑스 산악지대 성당들에 있는 검은 성모님에 관한 공부를 해왔는데, 그에 앞서 독일어권에서 먼저 보게 될 줄은 몰랐던 것이다. 검은 성모님 신심은 그리스도교가 유럽에 들어오기 전 켈트족의 지모신(地母神) 신앙에서부터 유래하는데, 로마네스크 시대에 템플기사단이 숭배하던 검은 성모(Notre Dame)가 고딕 시대에 하얀 성모님으로 바뀐 것이다.

우리는 1909년 우리나라에 첫 남자 수도원(지금의 왜관베네딕도수도원)을 세운 상트오틸리엔수도원을 견학하고 나서, 에탈로 이동하여 산속에 있는 수도원 호텔에서 묵었다. 에탈 수도원 맥주는 워낙 유명하여 이제는 서울에서도 쉽게 사 먹을 수 있을 정도이다. 수도원의 저녁 기도에 참석해보니 의외로 젊은 수사들이 많았다. 그 이유는 기숙학교인 수도원 부속 김나지움(고등학교)에서 지원자가 많이 배출되기 때문이라고 한다. 우리나라 남녀 수도회는 성소가 급격히 줄어 걱정이 큰데, 참고가 될 만한 사항이었다.

이번에 또 개인적으로 운이 좋았던 것은 그동안 어떻게든 가보고 싶었던 스위스의 루체른을 방문했다는 점이다. 이 도시는 나의 사부와도 다름없는 한스 우르스 폰 발타자르 추기경의 고향이다. 폰 발타자르에 관한 나의 졸저를 읽으시고는 언젠가 도미니코회의 화가이신 김인중 신부님께서 폰 발타자르의 가족 묘 사진을 보내주신 적이 있었다. 그 사진을 보며 폰 발타자르 추기경을 낳고 키운 루체른을 참으로 꼭 가보고 싶었는데 이제 그 소원이 이루어진 것이다. 유럽에 현존하는 가장 오래된 목조 다리인 카펠교 옆에는 예수회성당이 당당하게 서 있었다. 아마 폰 발타자르도 자주 드나들던 성당이었을 것이다.

또 우리는 저녁에 아인지델른에 있는 베네딕도수도원 성당을 들렀는데, 거기에도 유명한 검은 성모님이 모셔져 있어 수도사들은 저녁 기도를 마친 후 성모님 앞으로 와 찬미가를 바치고서야 퇴장하였다.

# 내 가족이 나의 조국

성금요일. 내가 재직하고 있는 학교 성당에서는 예수 수난 복음이 드라마로 재연되고 있었다. 키레네 사람 시몬! 북아프리카에서 살던 그는 예루살렘으로 돌아와 우연히 지나가다가 로마 병사들에게 붙들려 강제로 예수의 십자가를 지고 골고다까지 따라가야 했던 사람이다.

지난 15일, 일본 니가타에서는 '소가 히토미'라고 하는 여인이 기자회견을 했다. 24년 전 북한으로 납치돼 갔다가 작년

10월 고이즈미 총리의 전격적인 북한 방문 결과 다른 두 부부와 함께 운 좋게 귀향할 수 있었던 여인이다. 미국인 남편 젠킨스 씨는 함께 오지 않았다. 아니, 올 수 없었다. 주한 미군으로 근무 중 월북한 그는 지금까지도 탈주병으로 분류되어 있기 때문이다. 납북 당시 19세였던 그녀는 상상조차 해본 적이 없는 곳에서 자신의 나이보다 더 긴 세월 동안 가족들과 헤어져 살아야만 했다. 그런데 이제 북한에 남겨두고 온 두 딸이 자신과 똑같은 운명의 길을 다시 가고 있는 것이다. 북한의 핵확산금지조약 탈퇴 선언으로 국내외 정세는 더욱 불안해져 가족들과의 재회는 당분간 어려울 것 같다.

그녀의 어눌한 말투는 기자회견 끝 무렵에 한층 애절함을 더해갔다. "두 가족을 뿔뿔이 흩어지게 한 것은 누구입니까? 우리 가족이 함께 사는 행복한 그날을 하루라도 빨리 제게 되돌려주십시오."

키레네 사람 시몬은 성서에만 등장하는 것이 아니다. 북한 국적을 갖고 있다가 수년 전 일본으로 귀화한 한 재일 동포 가수의 말을 잊을 수 없다. "나는 일본 '국민'이 아닌 '시민'으로 귀화한 것입니다. 내게 조국이 있다면 그것은 북조선이 아니라 바로 나의 가족입니다."[30]

# 참다운 광복절을 기원하며

2015년인 올해는 광복 70년의 기쁨보다는 분단 70년의 슬픔이 앞서는 해입니다. 1945년생인 이해인 수녀님은 한 인터뷰에서 5살이었던 한국전쟁 당시 납북되어 생이별한 아버지에 대한 그리움이 세월 갈수록 커져만 간다고 고백한 적이 있습니다.

지금은 아흔을 넘긴 제 어머니의 고향도 황해도입니다. 저의 어머니는 1남 5녀 가운데 셋째인데, 저의 큰 이모와 외삼촌, 작은 이모 한 분은 이미 돌아가셨고, 다른 작은 이모 한 분만이 지금 의정부에 살고 계십니다. 막내 이모는 육이오사변 직전 월남하다(요즘 말로 탈북하다) 삼팔선 부근에서 외할아버지 외할머니와 함께 붙들려 아오지 탄광으로 끌려갔다는 소문만이 전해집니다. 어머니는 그전에 외삼촌과 둘이서 마치 보트피플처럼 밤에 배를 타고 인천 쪽으로 넘어왔던 것입니다.

외삼촌은 제가 어렸을 때 재혼하였습니다. 당시 제 고민은 나중에 통일이 되면 외삼촌은 이북에 두고 온 처자식과 재혼한 외숙모 중 누구와 살아야 하나 하는 것이었습니다. 하여간 명절이나 방학이 되면 외갓집에 가는 아이들이 몹시도 부러웠습니다. 통일이 되면 제일 먼저 달려가보고 싶은 곳이 외갓집이었습니다. 어머니의 고향 황해도, 그곳은 서울에서 태어나 자란 생득적 실향민인 저의 고향이기도 합니다.

이모들과 외삼촌이 살아 계실 때에는 꼭 명절이나 방학이 아니더라도 자주 왕래했고 사촌들과도 가깝게 지냈습니다만, 한 분 한 분 돌아가시자 사촌들과의 왕래도 뜸해졌습니다. 남북한도 마찬가지라는 생각이 듭니다. 아무리 형제·친척 간이라지만 오랜 세월 보지 못하면 마음도 멀어지기 마련입니다. 분단 1세대가 다 돌아가시고 나면 통일이 된다 해도 그렇게 가깝게 느껴지지는 않을 것입니다.

우리는 지금 지구상에서 지리적으로 가장 가까이 위치해 있는 부모님들의 고향 땅만 가볼 수가 없는 이상한 처지에 놓여 있습니다. 남의 나라인 일본이나 중국은 마음대로 오가면서 한 나라인 북한만을 오갈 수 없는 이 현실을 아무리 이해하려 해도 이해할 수가 없습니다. 누가 부모 자식 사이를, 형제자매 사이를 이렇게 오랜 세월 동안 갈라놓고 있는 것인지 알 수가 없습니다. 사실 형제 사이에는 애당초 원수 관계가 성립할 수 없습니다. 한 어머니의 배에서 나왔기 때문입니다. 형제는 또 하나의 나입니다. 형제가 죽기를 바란다는 것은 내가 죽기를 바라는 것과도 같습니다.

저는 올가을 북중 국경 지역을 다녀올 예정입니다. 가볼 수는 없지만 강 건너에서라도 형제들을 불러볼까 합니다. 하루 속히 어머니의 고향땅에서 완전한 광복의 기쁨을 나누는 미사를 봉헌할 날이 오기만을 기도하고 있습니다.[31]

# 나의 본명 이야기

요한!

당신은 정말 행복한 사람입니다.

당신은 주님께서 제일 먼저 불러주신 제자가 아닙니까.

그것도 물고기가 아니라

사람 낚는 어부로 말입니다.

요한!

당신은 정말 행복한 사람입니다.
당신을 제일 사랑하시던 주님께서는
가장 중요한 일마다 꼭 당신을 데리고 다니시지 않았습니까.
"탈리다 쿰"
당신은 죽었던 야이로의 딸이 다시 살아나는 것을 보았고
타볼산에서는
눈부시게 빛나는 주님의 거룩한 변모를 보았으며
겟세마니 동산에서는
비록 졸았지만 기도하시며 괴로워하시는 주님 곁에 있었고
십자가 아래서는 예수님을 대신하여
성모님의 아들이 되었으니 말입니다.

요한!
당신은 정말 행복한 사람입니다.
사랑의 사도였기에 당신은
믿음의 사도 베드로보다 더 빨리 무덤으로 달려가
결국은 예수님의 부활을 믿지 않았습니까.
그리고 독수리와 같은 눈으로
모든 신앙의 신비를 파악하고
하느님은 사랑이시라고 선언하였으니 말입니다.

**시작 메모**

내가 세례명을 사도 요한으로 택한 것은 생일이 12월에 있어서가 아니라, 양화진(절두산)성당에서 세례를 주신 김몽은 신부님의 본명이 사도 요한이었기 때문이다. 체구가 아담한 신부님의 강론은 짧으면서도 아주 핵심적인 내용들만으로 깔끔하게 전달되었다. 나는 무엇보다도 그 점이 가장 마음에 들었다. 나도 그런 요한 사제가 되고 싶었다.[32]

# 후기

2018년은 개인적으로 여러 가지 이유로 뜻깊은 해이다. 나는 소위 58년 개띠 무술년(戊戌年)생이다. 그래, 올해 회갑을 맞는다. 현재(present)가 선물(present)이듯이, 돌이켜보면 엉겁결에 지나온 반생(半生)도 선물이었다. 가브리엘 마르셀의 말에 따르면 인간이 인간에게 줄 수 있는 가장 큰 선물은 즐거운 추억이라는데, 하느님께서도 내게 잊을 수 없는 기쁜 추억들을 많이 주셨다. 누구보다도 하느님의 사랑이 어떤 것인지를 체험케 하신 어머니, 이제는 연로하여 아들조차도 알아보지 못하시지만, 어머니는 내게 즐거운 추억 그 자체다. 무엇보다도 못난 아들이 이렇게 회갑을 맞이할 때까지 살아주셔서 너무나 감사하다. 나는 지금도 어머니를 곁에 모시지 못하는 불효자이다. 나를 대신해 돌보아주시는 꽃동네 신내노인요양원 식구들에게는 언제나 부끄러움을 감출 길 없다.

나는 1993년 7월 5일 사제품을 받았다. 그래, 올해는 사제수품 25주년 은경축의 해이기도 하다. 사제가 되기까지도 그러하였지만, 사제가 되고 나서도 만일 하느님의 그 크신 자비의 손길과 주위의 기도가 없었더라면, 나는 진작 어둠의 나락으로 떨어지고 말았을 것이다.

아우구스티누스 성인은 『고백록』 제10권, 이른바 「메모리아론」에서 자신의 자전적 이야기를 다음과 같은 짤막한 말로 마무리 짓는다.

> 내가 주님을 뵈옵고 아는 데는 바로 나를 넘어 당신 안에서 (supra me in te)가 아니라면 어디이리까?
>
> _ 아우구스티누스, 『고백록』 10, 26,37

지난 25년간은 나 자신을 넘어 조금이라도 하느님께 다가가려고 노력했던 시간들이었지만 발걸음은 언제나 제자리였다. 아니, 내가 다가가기도 전에 자비로우신 하느님께서는 언제나 먼저 내 곁으로 와주셨다.

도쿄 유학 시절부터 나는 요츠야의 돈보스코 서점에서 파는 작은 '가톨릭수첩'을 애용하였다. 문득 생각나는 것이 있으면 적어두고, 방송에서 들은 말이나 책 또는 신문에서 본 토막글도 적어두고, 강론도 그 수첩에 메모하였다. 한 해가 지나면 그것들을 다시 정리하였는데, 누가 한 말인지 모르는 부분에는 따옴표로 표시해두었다. 똑같은 말이 반복될 때도 있었는데, 반복되는 그만큼 내게는 긴 여운으로 남았던 것 같다.

그러한 토막글들이 문학수첩 출판사 강봉자 사장님의 호의로 글 모음이 되어 세상에 나오게 되었다. 또 어수선한 잡문투성이를 깔끔하게 정리하여 하나의 작품으로 만들어준 편집부의 박혜민 님에게도 함께 마음 깊이 감사를 드린다.

2018년 부활에

김산춘 신부

# 주

## 1부

1 「일요한담」, 『가톨릭신문』, 2000년 4월 30일.
2 「일요한담」, 『가톨릭신문』, 2000년 4월 23일.
3 「일요한담」, 『가톨릭신문』, 2000년 5월 14일.
4 「일사일언」, 『조선일보』, 2003년 4월 12일.
5 「일사일언」, 『조선일보』, 2003년 4월 7일.
6 「일사일언」, 『조선일보』, 2003년 4월 18일.

## 2부

7 『나눔자리』, 예수회, 1993년.
8 「방주의 창」, '그리스도교 고전의 국역 사업', 『가톨릭신문』, 2003년 11월 30일.
9 「지혜의 빛을 찾아서」, 『동서문학』, 2003년 겨울호.
10 「방주의 창」, 『가톨릭신문』, 2004년 1월 1일.
11 「방주의 창」, 『가톨릭신문』, 2004년 2월 29일.
12 「성서미술관」, 『들숨날숨』, 2000년 3월호.
13 「특집 21세기」, 『들숨날숨』, 1999년 5월호 창간호.

## 3부

14 『소식지』 제16호, 한국가톨릭문인회, 2017년 5월 31일.
15 「일사일언」, 『조선일보』, 2003년 4월 30일.
16 「작은 선물 안에는 언제나 커다란 행복이」, 『샘터』, 2002년 5월호.
17 「어머니의 노래 (58) 동무생각」, 『조선일보』, 2003년 3월 29일.
18 「최종 서원 소감문」, 『예수회 소식지』, 2009년 6월 29일.
19 「방주의 창」, 『가톨릭신문』, 2004년 2월 1일.
20 『빛둘레』, 제58호, 올리베타노 성베네딕도수녀회, 2009년 12월.

## 4부

21 「교부들로부터 배우는 삶의 지혜」, 『가톨릭신문』, 2005년 6월 12일.
22 「교부들로부터 배우는 삶의 지혜」, 『가톨릭신문』, 2005년 10월 9일.
23 「교부들로부터 배우는 삶의 지혜」, 『가톨릭신문』, 2005년 12월 25일.
24 「교부들의 명언」, 『경향잡지』, 2014년 9월호.
25 「가톨릭아카데미 : 요셉 피퍼의 문화 철학」, 『들숨날숨』, 2000년 7월호.
26 「그림으로 읽는 단테 신곡」, 『이냐시오의 벗들』, 2014년 7월호.
27 「내가 읽은 한 권의 책」, 『문학관』, 한국현대문학관, 2006년 봄.

## 5부

28 「일요한담」, 『가톨릭신문』, 2000년 5월 7일.
29 「해리 포터 열풍 만든 김종철 사장의 암 투병기 ⑨」, 『조선닷컴』, 2014년 5월 9일.
30 「일사일언」, 『조선일보』, 2003년 4월 24일.
31 한국가톨릭문인회 편, 『나는 누구인가』, 책만드는집, 2015.
32 한국가톨릭문인회, 『사람에게 이름은 무엇인가』, 책마루, 2018.

**나를 넘어 당신 안에서**

초판 1쇄 인쇄 2018년 4월 30일
초판 1쇄 발행 2018년 5월 21일

지은이 | 김산춘
발행인 | 강봉자, 김은경

펴낸곳 | (주)문학수첩
주소 | 경기도 파주시 회동길 192(문발동 513-10) 출판문화단지
전화 | 031-955-4445(마케팅부), 4500(편집부)
팩스 | 031-955-4455
등록 | 1991년 11월 27일 제16-482호

홈페이지 | www.moonhak.co.kr
블로그 | blog.naver.com/moonhak91
이메일 | moonhak@moonhak.co.kr

ISBN 978-89-8392-702-6 03810

「이 도서의 국립중앙도서관 출판예정도서목록(CIP)은 서지정보유통지원시스템 홈페이지(http://seoji.nl.go.kr)와 국가자료공동목록시스템(http://www.nl.go.kr/kolisnet)에서 이용하실 수 있습니다.(CIP제어번호: CIP2018013279)」

* 파본은 구매처에서 바꾸어 드립니다.